JN089196

もくじ

星野道夫　約束の川

クジラの民

人間の営（いとな）みが絵となる一瞬がある。

白夜の北極海に白いしぶきが上がり、ゆっくりとこちらに近づいてくる。セミクジラが潮を吹きながら北に向かっていた。クジラ漁のキャンプはシーンと静まり返っている。氷原にいるすべてのエスキモーの目が、何も知らずに進んでくる一頭のセミクジラに注がれていた。

百メートルほどおきに作られたそれぞれのキャンプからは、ウミアック（アゴヒゲアザラシの皮で作ったエスキモーの伝統的なカヌー）がいつでも海に出せるようになっている。今はただ静かに待つだけだ。

満月である。あたりは淡い白夜の光に包まれていた。海は完全に凪（な）いでいる。まるで示し合わせたように、十数艘のウミアックがいっせいに海へすべり出した。たくさんの影が、光る海の中を音もなく一点に向けて進んでいる。きれいだった。自然という巨大な器の中で動く、小さな人間たちの営みが、たまらなくきれいだった。

仲間の動きで我に返る。ウミアックは一気に氷上から海に押し出され、気がつくと僕は六人のエスキモーとともにウミアックを漕いでいた。凄じいテンポでオールが水に突きささり、そのリズムについていくのがやっとだ。仲間のエスキモーに言われたことが頭の中をよぎる。

「いいかミチオ、クジラに向かって力いっぱい漕げ。水音をたてちゃだめだ。クジラが気づいちまうからな。静かに力いっぱい漕ぐんだ」

クジラを見ている余裕などなかった。かなりのスピードを出しているのに、聞こえるのはオールが水を切る音だけだ。口の中が乾いてきた。もう自分の限界だった。

「だめだ！」

だれかが叫んだ。一斉にオールの動きが止まった。初めて前を見た。黒い巨体は悠々と乱氷の彼方に消えようとしている。疲れ果てた僕たちは話す者とてなく、聞こえるのは激しい息づかいだけ。漕ぎ手を失ったウミアックはゆらゆら漂っていた。

からだが火照っていた。クジラの残像が消えず、僕はその中で揺れていた。それは表現することのできない不思議な体験だった。ウミアックで追う人間と、同じ生命の延長線上にクジラの生命があった。同じ土俵で、人間とクジラの力が絡まっていた。

「ミチオ、何か日本の歌をうたえよ」

突然、前に座っていたエノックが振り向かずに言った。

「なんでもいいから歌えよ」

静かな夕べだった。僕はしばらく考えて海の歌がいいなと思い、〝われは海の子〟を歌い出した。歌い始めてすぐに後悔した。なんてこの場にそぐわない歌をうたっているんだろう。おまけに歌詞がわからなくなり、まあいいかと、途中からでたらめになってしまった。それでもみんなは喜んでくれた。

「いい歌だ、元気がある」

だれかがメロディをまねて歌い出し、大爆笑となった。

一九八二年四月。アラスカ北極圏のエスキモー村、ポイントホープ。クジラ漁の朝は、熱いカリブーのスープで始まる。二週間前、エノックと狩猟に行ったとき仕留めたカリブー[1]が目の前に横たわっている。スープを作るため、凍りついたカリブーの肉を斧で砕かねばならない。キャンプでの僕の仕事は、女たちと一緒に食事を作ること。飛び散った肉のかけらを口に含むと、ひんやりと冷たく、わずかな甘味が口の中でとろけた。

この時期、ベーリング海から北極海にかけてびっしり張りつめていた氷が少しずつ動き出す。潮流と風の力によって氷に長い亀裂が入り、ところどころに海面が現れるのだ。この海面はリードと呼ばれる。ちょうどその頃、北極セミクジラがベーリング海を通って北極海に向かっている。哺乳動物であるクジラは、海面に上がって呼吸しなければならない。このリードこそ、海面を必要とするクジラにとっての移動ルートになる。

クジラ漁のキャンプはこのリードに沿ってでき上がる。普通、リードは陸地から五キロ〜十キロ離れたところに現れる。リードは小さ過ぎても大き過ぎてもクジラ漁には適さない。小さいと、銛をうつことはできても、クジラは死ぬ前に氷の下に逃げ込んでしまう。逆に大きいと、人間が漕ぐウミアックではとても追いきれないのだ。

この年のリードはずっと不安定だった。キャンプに入ってすでに三週間が過ぎ、クジラ漁のシーズンが終わろうとしていた。それはクジラが行ってしまうことではない。六月まで、さらにたくさんのクジラがこの海を通り過ぎるのだ。しかし、その前に対岸の氷がなくなってしまい、リードそのものが消滅してしまう。リードがなくなれば、広大な北極海が広がるだけ。そうなれば、ウミアックを漕いでクジラを追うことなど不可能なのだ。自然が作り上げた、リードという氷にかこまれた海があってこそ、エスキモーのクジラ漁が成り立つ。

「もしも一頭のクジラも獲れなかったら」という不安が村人たちの間に漂い始めていた。クジラの肉を食べられずに一年を過ごさなければならないとしたら……。それは昔のような飢餓の不安ではない。今は時代が違う。お金さえ払えば、食料は外の世界から入ってくる。けれども何かが違う。変わりゆく暮らしの中でどうしても守らなければならないもの。自分たちが誰なのかを教え続けてくれるもの。クジラ漁とは、エスキモーの人々にとって、何かそんなもののような気がする。

五月になった。南からシギやチドリを始め、たくさんの渡り鳥が群れをなして飛んできて、さらに北へ向かってゆく。彼らはアラスカ北極圏に営巣をしにやってきたのだ。春の使者、ユキホオジロもあちこちに見かけるようになった。頭上から聞こえてくる春の歌。僕は自然の秩序を感じ、時々そのあたり前の確かさに圧倒される。

その日、いつものように、午後の時間を氷の見晴らし台の上で過していた。そこは巨大な氷塊のてっぺんで、リードを見渡すことができ、はるか彼方からやってくるクジラをいち早く見つける場所だった。

マイラという村のお婆さんが一緒だった。海を見ながらとりとめのない話をしていた。クジラの話はしない。今年はもう駄目だろうと、だれもが思っていたからだ。いくつかのキャンプはすでに引き払い、村に帰っていた。マイラの顔を見るのが辛(つら)かった。あんなにマクタック（クジラの表皮）を食べたがっていたのに。

夕方になって、隣りのキャンプのクルーが走ってきた。

「ジョー・フランクリンのクルーがクジラを獲った！」

体全体に震えるような興奮があった。僕はどうしていいかわからなかった。クジラがウミアックに引かれて戻ってくる。写真を撮らなければ。僕はキャンプに向かって走っていた。伝令がキャンプ全体に伝わっていった。カメラを用意した僕は一目散に氷の見晴らし台に向かって走っていた。近づくにつれ、だれかの歌声が聞こえてきた。古いエスキモーの歌だった。見ると、だれもいない氷の上で、老婆が海に向かって踊っている。ゆっくりとした動きで、何かに語りかけているように見える。マイラだ。きっと昔から伝わるクジラに感謝する踊りなのだろう。近づくと、マイラは泣いていた。僕の存在などありはしないかのように踊り続けていた。自分は今、踊りの原点を見ているのだろうと思った。

心のフィルムにだけ残しておけばいい風景が時にはある。

クジラが氷原に横づけにされ、長いロープが掛けられ、ほとんど全員がこのロープの脇についた。掛け声とともに引き上げ作業が始まる。何か運動会の綱引きをしているような気分になってくる。引いても引いても自分の場所は同じ。クジラは動いていないのだ。途方もない仕事のように思われた。それでも、クジラは少しずつ氷の上にずり上がってきていた。作業が始まってから二時間後、クジラは黒い巨体をすっかり氷の上に横たえた。つい数時間前まで北極の海を泳いでいたクジラが目の前にいた。僕は手で触り、ペタペタと叩いたりして感触を確かめた。不思議な気持ちだった。

全員がクジラを取りかこむように集まり、クジラへの感謝の祈りが捧(ささ)げられた。キリスト教との関わりだろう。キリスト教が入る前、エスキモーの社会はシャーマニズム[2]の世界だった。その時代にはきっと違った形での狩猟に対する信仰があったのだ。

クジラの表皮、マクタックの一部が切り取られ、すぐに女たちによってボイルされ、皆に配られる。熱くて、フーフー言いながら食べた。口の中でとろけるようなうまさ。自分でもびっくりするほど体が熱くなってくるのがわかる。何だか、すごい食べ物だな。だれもが喜色満面だった。僕はマイラを捜していた。どんな顔で食べているのか見たかったのだ。マイラは、ジョー・フランクリンの若いクルーをつかまえて、抱きつくようにして彼らの粘り強さを讃えていた。若いクルーが迷惑そうに苦笑いしているのがおかしかった。どこもかしこも、笑いと熱気に包まれていた。

　クジラの解体作業が始まった。このクジラを仕留めたクルーによって全ての解体が行われる。これが決まりだ。六月に村で行われるクジラの感謝祭の日取りも、クジラを仕留めたクルーのキャプテン、ジョー・フランクリンによって決められる。

　解体が始まると、他のクルーはまわりから作業を助けた。女たちは食事を運びながら男たちの長い仕事を支える。一頭のクジラがどのように解体されてゆくのか、実に興味深い。切り裂いてゆくにしたがってクジラの体の中から大量の湯気が立ち上り、氷の上は鮮血で真赤に染まっていった。クジラの上に上り、黙々と作業を進める若いエスキモーたちに、時々年寄りが指示を与えている。いい風景だった。老人がどこかで力を持つ社会とは、健康な世界かもしれないと思った。何よりも若者たちの顔が輝いていた。

一晩中かかった解体は終わりに近づいていた。だれもが疲れきっていた。肉はすべての村人に分け与えられ、最後に、巨大なあごの骨だけが氷上に残された。すると人々はそのあご骨のまわりに集まり、掛け声とともに海に向かって押し始めた。僕は、何をやろうとしているのかすぐにわからなかった。彼らはそのあご骨を海に返そうとしているのだ。乱氷の彼方から昇り始めた太陽は、すでに氷上に物の影を作り出している。あご骨が氷から離れ、海に沈んだ。

「来年もまた戻ってこいよ」

その瞬間、人々は海に向かって叫んでいた。エスキモーは、そのあご骨にクジラの霊魂を託していたのだ。長かったクジラ漁が、この時終わった。

（一九九一年　三十九歳）

木の実の頃

「夏が去り、霜が最初のキスをすると、ブルーベリーの実は甘くなる」

　そんな言い方を人々はする。九月に入ると、アラスカの原野はさまざまな木の実に覆われる。クランベリー、ブルーベリー、サーモンベリー、クロウベリー……。冷え込んだ日が続いた後のブルーベリーの実は、実際、びっくりするほど甘くなっている。

　こんな話をエスキモーの老人から聞いたことがある。たくさんのブルーベリーやクランベリーの実は、落ちることなく雪に覆われ冬を越す。早春、南からの渡り鳥はまだ食べるものがなく、発酵した去年の木の実をついばんでゆく。フラフラと千鳥足で歩いている鳥を春先に見かけるのはそういうわけらしい。

「ブルーベリーの実を摘みに行って、クマと頭をはち合わせしないように」

そんな言い方も人々はする。まんざら冗談とも聞こえない。人もクマも、目に入るブルーベリーの実に気をとられ、ほとんど頭を上げる余裕がない。ぶつかるわけはないのだが、時々あたりを見渡した方がいいかもしれないのは事実である。

秋のツンドラで夢中になって木の実を摘み、あっと気がついてももう遅い。這(は)いずりまわった後のズボンは、赤や青のまだらですっかり染色されている。

ブルーベリーの話をもうひとつ。この木の実ほど集めるのに苦労する実はない。どんなに群生する場所を見つけてもである。ブルーベリーの実は、勢い込んで持ってきたナベではなく、口の中に入ってしまうのだ。

クマの好物は、ブルーベリーより、ソープベリーという赤い実だ。どんな味がするだろうと一度つまんで口に入れたが、食べられた代物ではない。大きなクマが愛(め)でるように細い枝を持ち、巧みにソープベリーの実をついばんでゆく風景は見ていて飽きることがない。冬を越すための脂肪を貯えるこの時期、一体クマはどれだけの実を食べるのだろう。ある研究者の観察によると、一日約二十万〜二十五万個の木の実を消化するという。

何年か前、アサバスカンインディアンの家族とムース(1)の狩猟に行った時のこと。夜になり、僕たちは極北の川辺で夜営をした。この土地最後のシャーマンに育てられた母親は、消えゆく古いインディアンの世界を持っていた。焚き火にクマ肉のシチューをかけながら、こんな話をしてくれた。

「子どもの頃、おばあさんとブルーベリーの実を摘みに行った時のこと。私はひとつひとつの実を摘むのに飽きてしまい、たくさんの実がついた枝を折っておばあさんに持っていったの。その時こんなことを言われたのを覚えている。

『ブルーベリーの枝を折ってはいけないよ。おまえの運が悪くなる』」

その母親はよく運の話をした。なぜそうしてはいけないのかと聞くと、〝運が悪くなるから〟と答えた。人の持つ運は、日々の暮らしの中で常に変わってゆくものだという。それを左右するものは、その人間を取りかこむものに対する関わり方らしい。彼らにとって、それは「自然」である。

彼らは、漠然とした、本能的な自然への恐れを持っている。日常生活の中での、ひとつひとつの小さな関わり。そこにタブーという説明のつかない自然との約束がある。それは僕たちが失(な)くしてしまった、生き続けてゆくための、ひとつの力のような気がする。

アラスカは、木の実の季節になった。

（一九九一年 三十九歳）

ポトラッチ

「ディニーガさ。私たちインディアンの言葉でムースのことだよ」

キャサリンは、たき火に薪をくべながら言った。火の粉が舞い上がり、トウヒの樹脂の甘い香りが鼻をつく。

「その昔、秋になると、村を離れて長い狩猟の旅に出たものだ。何ヵ月もだ。動物のようにさ迷った。ムースを獲るということは大変なことだった」

たき火のそばで、キャサリンの夫、スティーブンが銃の手入れをしながら呟(つぶや)いた。

一日の終わりにボートを岸につけ野営をした。この家族とムースの狩猟に出かけるのは二年目だった。今年は、村に帰ればポトラッチが待っている。村のある老婆が去り、一年がたった。ポトラッチとは、インディアンの世界における御霊(みたま)送りの祝宴。死者の魂はこの日を境に旅立ってゆく。ムースはポトラッチのための〝聖なる食べ物〟だった。

ブラックベア（クロクマ）の肉で腹を満たした僕たちは、炎に顔を火照（ほて）らせていた。子どもたちは一日の長い川旅に疲れ、テントの中で寝入っている。川は深い闇の中に消えゆき、針葉樹のシルエットだけが対岸に浮かび上がっていた。この土地は極北のインディアンの世界。

アサバスカンインディアンの祖先は、おそらく一万年前までに、北方アジアからベーリング海峡をへてアラスカに渡ってきた。この極北のインディアンは、アメリカインディアンの中でも、最も知られてない人々かもしれない。彼らの生活圏は、アラスカ内陸部からカナダ北極圏にまでわたる。それはどこまでも広がる針葉樹の世界。彼らの生活はその中で静かに営まれてきた。しかし十六世紀に毛皮の交易によって、初めて西欧文化と接触する以前のアサバスカンインディアンの歴史はよくわかっていない。なぜならば、木と毛皮の彼らの文化は、長い年月の中で苔（こけ）とともに腐朽し、森の中に埋もれていった。川沿いにあったであろう集落は、絶え間なく浸食し続ける川の流れとともに消えていってしまった。

アラスカ内陸部に、何万年と暮らし続けてきたアサバスカンインディアンの人々。彼らの文化は、ピラミッドや神殿などの歴史的遺産は何も残さなかった。しかし、ひとつだけ残したものがある。それは、太古の昔と何も変わらない彼らの暮らしを取りかこむ森である。

アサバスカンインディアンとムースの関わりは深い。巨大なムースから得られる肉は長い冬の生活を支え、暖かな毛皮は寒さから身を守るための衣服となった。いわゆる近代化と接触する前には、骨や胃袋などの内臓の皮からも、さまざまな道具や装飾品が作られている。その昔、一頭のムースを獲ることは、いま以上の大きな〈喜び〉だったのだろう。

近代化の波とともに、極北のインディアンの生活も大きく変わってゆく。シャーマニズムはキリスト教にとって代わられ、アメリカ社会を背景とした教育、あるいは物の文化が急速に広がってゆく。けれども表面的には変わりつつある彼らの暮らしも、ひと皮むけば、そこにあるのは極北の狩猟民の生活だった。夏のサケ漁、秋のムース、冬眠中のクマ狩り、そして冬から春にかけてワナで獲るさまざまな小動物。

夜のとばりとともに、星の輝きが増してくる。少し寒くなり、キャサリンはお茶を入れながら話し続けた。この土地最後のシャーマンを父親に持ったこと。それは彼女の考え方、行動に大きな影響を与えていた。

「昔、人々は狩りに行ってワタリガラスに出会うと、こんなふうに話しかけたものさ。〝おじいさん、私に獲物を落として下さい〟。もしその呼びかけに答えてくれたなら、それは狩りの幸運を約束してくれるの。ワタリガラスはこの世界の創造主だと言われていた。それは何か特別な力を持った生き物だった……」

キャサリンの昔話は僕を飽きさせなかった。彼女はよく、タブー[1]の話をした。やってはならないことがあり、その約束を守ることは、自然と日々の暮らしの中で自分の運を持ち続けることになるという。時代が移り変わり、新しい価値観が急速に浸透してゆく中で、キャサリンやスティーブンは消えようとするもうひとつの世界を持っていた。今、テントの中で寝入っている子どもたちは、その世界を受け継いでゆくのだろうか。

「静かに！」

突然、スティーブンが押し殺したような声で叫んだ。

「ムースだ！」

森の中から、かすかに小枝の折れる音が聞こえてくる。しばらくすると何も聞こえなくなった。静けさの中で、聞こえるのはたき火のはじける音。じっと、耳をすましていた。

「運がいい、明日、ムースが獲れる」

キャサリンが呟いた。


立ち木にキャンバスをくくりつけただけの野営だった。寝袋にもぐり込むと、地面に敷き詰めたトウヒの木の枝が背中に気持ちいい。森の奥から、低くこもったフクロウの声が聞こえている。近くにまだムースがいるのではないかと思い、耳をすましていた。たき火も消え、夜の闇があたりを包み込んでいた。

僕はとなりで寝ているキャサリンの話を思い出していた。すべてのものに存在する魂、タブー、人の力を超えた運……。それは私たちの目で見えない世界……。闇の中から聞こえたムースの枝を折る音、そして今聞こえているフクロウの低い呼び声。ムースもフクロウも見えなかったが、闇の中で確かにそこに存在する。それらは見えないというだけで別のものと化し、さらに多くのことを語りかけてくる。それは夜の闇からの呼びかけが、生命のもつ漠然とした不思議さを、まっすぐ伝えてくるからなのだろう。

次の日の朝、キャンプからわずか下流の繁みにムースは立っていた。まるで僕たちを待っていたかのように、じっとこちらを見つめている。自然から狩人への贈り物……。引き金が引かれる。その瞬間、ムースは崩れ落ち、自然の中に再び帰って行った。

低く抑揚のない老婆の声で、不意に歌が始まった。

村人のすべてが丸太小屋に集まり、大きな輪をつくっていた。輪の内側に死者の家族がいる。単調な旋律に力があった。心の奥底にひびく歌。家族は目を閉じ、歌に合わせてゆっくり踊り始めている。たった一人、部外者である僕は、小屋の片隅に立ち尽くし、その光景を見つめていた。

気がつくと、いつの間にか、村人たちの輪がゆっくりまわり始めていた。

きょうはポトラッチ。一年前に世を去った、村の老婆の御霊送りの祝宴だ。ブラックベア、ビーバー、サーモン。そしてブルーベリー、クランベリーなどの木の実。たくさんのごちそうで魂を送り出す。僕は村の家族とムースの狩猟から帰ったばかりだった。そのムースの肉もまた、頭のスープとともに、今、目の前にある。ムースの頭を煮て、そのすべてを溶かしたヘッドスープは、この祝宴に欠くことができないもの。

人々は食べ、踊り、死者を語った。小屋の中は熱気に満ち、死者への悲しみは不思議な明るさへと昇華されてゆく。

生きる者と死す者、有機物と無機物。その境とは一体どこにあるのだろう。目の前のスープをすすれば、極北の森に生きたムースの体は、ゆっくりと僕の中にしみ込んでゆく。その時、僕はムースになる。そして、ムースは人になる。

小屋のまわりに息づく自然。そこにはすぐ森があり、それはどこまで続いているのだろうか。川はどうだろう。僕たちがムースを求めて下った川は、今、夜の闇の中を流れ続けている。自然に生かされているという人々の思い。次第に興奮のるつぼと化してゆく踊りを見つめながら、村人の営みを取りかこむ原野の広がりを思っていた。

ポトラッチが終わり、人々は再び暮らしの中に帰ってゆく。ムースの狩猟の季節も過ぎ、冬が近づいていた。

ある日、キャサリンとスティーブンが、森へムースの頭の毛皮を置きにゆくという。

「どうしてそんなことをするの?」

一緒に歩きながら、僕は聞いた。黄葉の森の雲間から光が射し込み、世界が黄色く染まったかのように眩しかった。

「いつもそうするんだ。ずっとそうやってきたからね」

スティーブンが言った。

「頭の毛皮は森に返さないといけない。そうしないといつか悪いことが起きるから……」

キャサリンがそれに続けた。ひんやりとした晩秋の大気が気持ち良く、森の匂いがした。

自然の中で、人々の行動を律するさまざまな約束。それは一体、誰とする約束なのだろう。

森を抜けると崖（がけ）っぷちに出た。ここは前の年、キャサリンの家族とクランベリーの実を摘みにきた場所。

「今年はあまりないね」

去年は地面を埋め尽していた赤い実が、今はところどころに見えるだけだった。

それにしても何という空間の広がりだろう。見渡す限りの大地に散らばる無数の湖沼。三日月湖は、長い時間の中で、川が少しずつ大地をけずりながら流れを変えていったことを語っていた。目を凝らしてもムースを見つけることはできなかった。どこからか、コロン、コロンと喉（のど）を鳴らすようなワタリガラスの声が聞こえている。

二人はムースの頭皮をアスペンの枝にかけていた。僕はいつかエスキモーのクジラ漁に行った時のことを思い出していた。クジラの解体が終わった時、村人たちは最後に残った巨大なあご骨を押しながら海に返した。氷原から海に落ちる瞬間、来年もまた戻ってこい、と人々は叫んでいた。クジラのあご骨を海に返す。ムースの頭皮を森に返す。それはきっと同じことなのだ。

しかしその自然と人間との関わりの世界は、近代化の中でいつか消えてゆくだろう。さまざまな生き物、一本の木、森、そして風さえも魂を持って存在し、人間を見すえている。いつか聞いたアサバスカンインディアンの神話。それは木々にかこまれた極北の森の中で、神話を越え、声低く語りかけてくる。ムースの狩猟を通して見た、極北のインディアンと自然との関わり。僕はその中に、彼らの持つ、自然に対する漠然とした畏怖(いふ)を垣間見るような気がした。

夕暮れが迫り、風が冷たかった。村への帰り道、森の中に新しいムースの足跡を見つける。くる途中、そこに足跡はなかった。落ち始めたアスペンの葉が地面を覆い、足跡はその中に消えていた。

（一九九一年 三十九歳）

カリブーを追って

Ⅰ 鳥類学者、デイブ・スワンソン

はじめてデイブ・スワンソンと会ったのは、一九七八年の夏の終わりだった。アラスカ大学に入学し、この土地での生活が始まる最初の年である。きっかけは友人のロン・クラークだ。ロンはアラスカ大学の大学院で鳥を研究していて、夏の間、北極海の海鳥の調査で居ないデイブの丸太小屋を借りていた。

アラスカ大学のあるフェアバンクスは、ゴールドラッシュの時代(1)にできた小さな町である。いちおう、アンカレジに次いでアラスカ第二の町なのだが、人口約二万五千ということでその大きさがわかるだろう。マイナス五十度まで下がる冬の寒さは、容易に人を寄せつけない。町の匂いというのは、そこに住む人々によって醸(かも)しだされてくるのだろうが、フェアバンクスは古き良きアラスカの匂いを残す、のんびりした町である。大学の建つ丘からは、どこまでも続く原野が見渡せ、その広がりにはだれもが息をのむだろう。この町の北に北緯六十六・三三度線が通っていて、そこから北極圏が始まる。

　アラスカ大学は田舎の大学だけれども、自然科学の分野は優れていて、おおぜいの学生がほかの州からもやってくる。アラスカという土地に憧(あこが)れてはいってくる学生もかなり多い。キャンパスにはときおりキツネやムースが現れることもあり、この年は、大学の裏のトウヒの森に、アシボソハイタカが営巣をしていた。が、それはニュースになるほどのことでもない。フィールドは大学の裏から始まっている。ロンは修士論文のテーマとしてこの巣を観察していた。

　八月のはじめ、二人で雛(ひな)の成長具合を見に行った。ブラインド（観察用テント）からのぞくと、もう雛というより幼鳥になっていて、巣立ちが近づいている。

「うわあ、すごいなあ。あとどのくらいで飛び立ってしまうのかなあ」

　猛禽類(もうきん)の営巣など見たことがないぼくは、ただただ感動していた。アラスカでの新しい生活が始まろうとしている。昂揚した気持ちと目の前に息づいている野生。そして、むせかえるようなトウヒの森の匂い。

「デイブが今、フェアバンクスに帰っているぞ。先週、デイブの研究室が火事で焼けて、知らせを聞いてあわててフィールドから戻ってきたんだ。ミチオ、会いたがっていたろう。今ならつかまるぞ」

何やらかなりの研究資料を焼失したらしい。火事の後始末が終わり次第、すぐに北極圏のフィールドに引き返すとのことだ。

ぼくはデイブに会いたくて、その日の夕方、町はずれにある彼の丸太小屋を訪ねた。焼け出された荷物が小屋の前に集められて、デイブはドアの前に座りこんでいた。会うのはこのときがはじめてだった。長いフィールド調査から帰ったばかりのデイブは、無精髭（ぶしょうひげ）をはやし、少しやつれているようだ。気むずかしそうな男だなと思った。アラスカに来たばかりで、まだ英語がうまく話せないぼくは、火事のお悔みを言うセンテンスなど頭に浮かばず、自分の言いたいことだけを話した。

「ロンの友達で、ホシノ・ミチオと言います。日本から来て、この秋からアラスカ大学にはいります。野生動物学部です。じつはロンから聞いたのですが、これからまた北極海の海鳥の調査に戻るのですか。いっしょに連れていってもらえませんか。なんでもやります」

こんなようなことをつたない英語で話したのだが、デイブにとってはあまりに唐突で、何がなんだかわからなかっただろう。ぼくはこういう場合、つまりむずかしそうな自分の願いを伝えるとき、必ずもう一度自分に問いなおしてみる。本当にやりたいのかどうか、と。もしそれが中途半端な気持ちでないのなら、きっと相手は考えてくれるだろうと、自分勝手な信念をもっている。しばらく話したあと、明日もう一度電話してくれということになった。必要なこと以外はしゃべらない、アメリカ人らしくない男だなと思った。

翌日の午後、電話をする。

「明日からフィールドに戻る。暖かい寝袋と着るものを持ってこい。食料はすべてベースキャンプにある。明日、空港で会おう」

やったぞ。デイブが北極圏でどんな研究をしているのかまったく知らず、そんなことは問題でもなかった。ともかくアラスカ北極圏にはいれる。そしてそこには、巨大な海鳥のコロニー

（集団営巣地）があるらしい。もうそれだけで十分だ。デイブがアラスカで五本の指にはいる鳥類学者であることを知ったのも、ずっと後のことだ。（大学が始まり、ナチュラルヒストリーの授業のときだった。教授が、今日の講義は特別にこの人にやってもらうと言って、はいってきたのがデイブだった。ぼくはあっけにとられ、視線が合ったデイブはにやっとしていた。このころから、ぼくはデイブに一目おくようになったわけだ）

エスキモーの村、コッツビューでセスナに乗りかえたぼくたちは、ケープトンプソンに向かっていた。ベーリング海と北極海とがぶつかる海域に突き出た小さな岬だ。いちばん近いエスキモーの村からでも百キロ近く離れている。風の強い日で、ぼくたちの乗ったセスナは木の葉のように揺れながら飛行していた。ケープトンプソンが近づいてくると、デイブは窓ごしに周辺の地形、調査地域の説明をしてくれた。しばらくして、セスナはランディングの態勢にはいった。どうやら目の前の波打際に降りようとしているらしい。しかし、風が強いクロスウィンド（横風）で、何度もトライするが降りられない。速度を落としていくと、横風にセスナがひっくり返されそうになる。そのたびにエンジンをふかし、機をたて直そうとするのだが、ぼくの体は硬直し、いっしょにアクセルを踏むかのようにふんばってしまう。手に汗どころではない。飛行機というのはこんなに軽いのかと思うほど、風にあおられている。ときどき、風にぶつかるというのか、セスナ全体がものすごい反動を受け、鋭角的に吹きとばされてしまうのだ。それから八年の間に経験する飛行のことを考えれば、このときのことはどうということはなかったのだが、何しろはじめての小型飛行機の経験だ。そもそも飛行機というのは飛行場に降りるものだという考えを、最初から改めさせられた。これからアラスカの生活が始まろうとしているのに、ここで死んでしまうのはたまらない、とこのとき真剣に思ったものだ。

ぼくたちは、わずかな風の合間をぬって無事にランディングすることができた。憧れの北極圏に来たことより、ひとまず生きていることのほうがうれしかった。

「二週間経(た)ったらまた会おう」

という言葉を残して、パイロットは飛びたっていった。

爆音が遠ざかってゆくと、北極海の砂浜に寄せる波音が、フェイドインするかのように聞こえてくる。広大な風景の中で、デイブとぼくだけがとり残された。東に起伏のゆるやかな北極圏の山なみが連なり、谷あいから小さな川が北極海に流れこんでいた。

「そうだ。あの山なみはアラスカ北極圏を東西に貫くブルックス山脈の西の端にあたる部分ではないか」

と気がついた。地図上で長い間憧れていた山脈が、いつのまにか自分の目の前にあった。川のほとりに白いキャンバスのテントがたっており、そこがぼくたちのベースキャンプだった。せせらぎの中に、風化したカリブーの大きな角（つの）があった。砂浜にもカリブーの足跡があり、ここ数日間に小さな群れがこの付近を通っていったようだ。なんとすばらしいベースキャンプなのだろう。三日前まで会ったこともなかったデイブと、北極圏での二人だけの生活が始まった。

荷物を運びこみ、ベースキャンプを整えたぼくたちは、ゾーディアックを膨らませ、夕方から海に出た。ゾーディアックとは、フランスの海洋学者クストー[2]が発案した世界最高のゴムボートである。岬をまわりこむと、見渡すかぎりの崖に、巨大な海鳥のコロニーが飛びこんできた。ボートが近づいていくと、何万という鳥がいっせいに巣を離れ、ぼくたちの上を飛びまわりながらふたたび巣に戻っていく。周辺一帯が、鳥の鳴き声でうめつくされていた。ここは、ウミネコ、ウミガラス、ツノメドリなどの海鳥の、北極圏最大の繁殖地である。ボートのエンジンを切り、波に揺られながら、ぼくたちはこの巨大なコロニーを見あげていた。風が冷たかった。羽毛服の上から寒さがしみてくる。デイブは自分がやっていることをぼくにわかるように説明してくれた。この二週間でやらなければならないことは、ウミネコとウミガラスの繁殖状況、そして全体のポピュレーション[3]を調べることだ。ケープトンプソンには四つの大きな繁殖地が続いており、そのすべてが調査対象だった。暗くならないうちにボートでまわってみることにした。

「イヌワシの巣だ」

デイブが崖のてっぺんを指さしながら教えてくれた。双眼鏡で見ると雛はすでに成長しきっていた。もう飛び立つ準備をしているのだろう。四つの繁殖地をまわったぼくたちは、そのままベースキャンプのある浜に向かった。夕暮れが迫っていた。風が強く、ゾーディアックは白波を切って走っていた。突然、二十メートルも離れていない海から、黒い巨体が浮かびあがってきた。
「コククジラだぞ、南に向かっているんだ」
デイブが叫んだ。波しぶきでずぶ濡れだったが、そんなことは気にならない。目の前にクジラがいるのだ。ほとんどぼくたちと並行して進んでいる。自分の手が届きそうなところで、クジラの生命が躍動していた。やがて黒い巨体は、暗い波間の中に消えていった。太陽はすでに水平線に沈み、西の空が紅く染まっていた。

ベースキャンプに戻ったぼくたちは疲れきっていた。長い一日だった。キャンプの真下を流れるせせらぎに水をくみにゆき、夕食の準備にとりかかった。水は冷たかった。水面に口を近づけ、喉（のど）をうるおす。その土地がどれだけ健康かは、自然の水が飲めるかどうかにかかっているだろう。どこかで、喉を震わせるような美しいアビの鳴き声がした。

コンロの上で、シチューがいい香りを漂わせている。食事はぼくがつくることになっていた。ポテトサラダをつくっているとき、中に入れるタマネギのみじん切りを塩水につけて苦味をとった。それを見ていたデイブがひどく感心し、ぼくがキャンプでの食事当番に決まったのだ。腹をすかしていたぼくたちは、ほとんど一瞬にして夕食を平らげた。

デイブは独特の雰囲気をもった男だ。後に会う多くのアラスカの生物学者が、デイブに一目おいているという印象を受けた。夕食が終わるころ、あたりはすでに闇に包まれていた。つい一ヵ月前には夜がなかったのだ。日照時間は日増しに短くなり、冬が近づいていることを告げていた。ランタンに灯をともし、熱いコーヒーをすすりながら話をした。

デイブは、これまで自分がかかわったアラスカ北極圏での研究について話してくれた。幼年時代を、父親の仕事の関係でいくつかのエスキモーの村ですごしたことも、このとき知った。デイブは古いエスキモーの生活について、驚くほどの知識をもっていた。話を聞きながら、デイブのエスキモーに対する好意的な見かたが感じられ、うれしかった。その中に、こんな話があった。

「いつだったか、ノームに帰る途中のことだ。エスキモーの年寄夫婦のボートが海に漂っていたんだ。近づいてみると、エンジンが故障したらしい。村にちょうどエンジンがはいったころのことだ。ノームまで引っぱってあげようというと、大丈夫だからと言って、何か一生懸命ナイフで削ってるんだ。動物の骨のようなものだった。何度言っても、その年寄は大丈夫だからと答えるだけなので、心配だったが、しかたがないのでそのままノームに帰ったんだ。次の日になって、年寄夫婦が無事に村に戻ったことを知った。削っていた骨のことが気になって、その日のうちに訪ねたんだ。年寄は何がおこったのかを説明してくれた。エンジンの小さな部品が壊れ、同じものをカリブーの角の一部を削ってつくっていたんだ。それを見せてもらい、友人のエンジニアのところに持っていった。そいつは細かく寸法を測り、たまげていたよ。実際の部品より精巧にできあがっていたんだから」

　ランタンの音だけが聞こえていた。風もやみ、静かな夕べだった。デイブの話はぼくをひきつけた。長い間、極北の自然に憧れ、つもりつもった質問が頭の中に詰まっていた。デイブは、その質問にすべて答えてくれるような気がした。極北の動物学の古典“Animals of the North”（日本語版『極北の動物誌』）の著者、ウィリアム・プルーイット[4]、“Never Cry Wolf”（日本語版『オオカミよ、なげくな』）の著者、ファーリィ・モーファット[5]など、本の世界でしか知らない人々がデイブの知人であった。話題はつきず、明くる日のことを考え、話を途中でやめなければならないほどだった。ランタンを消し、寝袋にもぐりこむと、長かった一日のことが頭の中をかけめぐった。巨大な海鳥のコロニー、はじめて見たイヌワシ、コククジラ、そしてデイブの話……。疲れているのになかなか寝つけなかった。北極海から打ちよせる波の音がかすかに聞こえた。

霧に包まれる日が何日かあったが、調査は順調に進んだ。デイブはウミガラスの胃の中を調べるため、毎日、数羽のウミガラスを撃ち落とさなければならなかった。海上で、巣に帰るウミガラスの中から嘴(くちばし)に魚をくわえているものだけをすばやく見つけ、ショットガンで撃ち落とすのだ。デイブは毎晩のようにランタンの下でウミガラスの解剖に忙しかった。ぼくたちはそのウミガラスをむだにすることを嫌い、解剖が終わり次第、夕食のおかずとした。しかし、どんなにバターで炒(いた)めても海鳥特有の臭みは消えず、ほとんど飲みこむようにして食べた。

霧に包まれた日は海に出ることができず、ぼくたちは近くの山々を歩いた。ツンドラの紅葉が山を埋めつくしていた。帰りはブルーベリーの実を摘みながらキャンプに戻った。そんなとき、デイブはツンドラの植物の中で食べられるものを教えてくれた。とくにサワードックという植物の葉は、毎日のように摘んではサラダにして食べた。エスキモーはこれをシールオイル(6)につけてデザートとして食べる。ブルーベリーの実は朝のホットケーキの中に入れた。これがまたじつにうまい。

外に出ない日は、ライフルとショットガンの使いかたをデイブが教えてくれた。空き缶を岩の上に置いて練習をする。子どものころ、同じことをやったような気がするが、今は実弾だ。

ある晩、いつものようにデイブの話を聞いているとき、ぼくはスペンサー・リンダーマンという人の名前を思い出した。日本で読んだタイムライフのアラスカに関する本の中に出てくる、当時アラスカ大学野生動物学部の大学院生の名前である。スペンサーは、ブルックス山脈を旅するタイムライフの記者のガイドとして本に登場していた。ぼくはこの章が好きで何度も読み直したため、スペンサーという名前も記憶していた。年齢からしてデイブと同世代ではないかと思い、知り合いかどうか聞いてみた。

「スペンサーは五年前に飛行機事故で死んだ。シロイワヤギの調査をやっているとき、山に近づきすぎて崖に突っこんでしまったんだ。もう四、五人、自分の仲間が殺られている。アラスカの動物の調査は小型飛行機なしには考えられないし、とくに北極圏で長い間やっていると、遅かれ早かれということはあるんだ」

デイブはパイロットでもあるが、今はほとんど自分では飛ばない。

「ミチオ、これからアラスカで長い間やっていくなら、本当にいいパイロットと組まなければだめだ。そうしないと、いつか殺られるぞ。アラスカには星の数ほどパイロットがいるが、その中で本当に北極圏を自由に飛べるパイロットは数えるほどしかいないんだ」

デイブの話の中で、ぼくをいちばんひきつけたのはカリブーだった。デイブは以前、五年間にわたってカリブーの調査をしていた。ある朝起きると、自分が数万頭のカリブーの群れの真ん中にいた話、親からはぐれたカリブーの子が、自分からグリズリーに近づいていって殺られてしまった話……。とりわけ、カリブーの、北極圏を舞台とする長い季節移動に興味をもった。ぼくは、カリブーこそ極北の自然のシンボルのような気がしていた。これから始まろうとしている撮影の中で、カリブーが大きなテーマの一つになるような漠然とした予感があった。ぼくたちは本当に毎晩のように、よく飽きもせず同じような話をしていたと思う。

ある日、キャンプの近くに数頭のカリブーが現れた。デイブは、おもしろいことをやってみようと言ってぼくを連れだした。カリブーのもっているキュオリオスィティ、つまり、なんだかよくわからないものに興味をもつ性格を試してみようというのだ。ぼくたちは一頭のカリブーにできるだけ近づき、草むらのかげに隠れた。デイブは白いハンカチをとり出し、手を伸ばしてカリブーに向かって振った。カリブーが気づくとすぐハンカチを引っこめ、同じ事を何度もくり返した。カリブーは明らかに興味をもち、まるで確かめずにはいられないという具合に、おそるおそるぼくたちに近づいてきた。カリブーはなんと十メートル近くまで来て、ぼくたちをみつめていた。そしてやっと気づいたかのように、一目散に逃げていった。

近くの小さな池に、営巣を終えたアビの家族がいた。夕暮れになると聞こえる、喉を震わすような寂しいアビの鳴き声はたまらなくよかった。浜辺で新しいグリズリーの足跡を見つけたが、ついに姿を見ることはなかった。

セスナがぼくたちを迎えにくる前の夜、空が晴れあがった。本当に久しぶりに満天の星を見たような気がする。五月から白夜[7]が始まったのだから、ほとんど四ヵ月ぶりに見る星かもしれない。こういう感覚は極地にいないとわからないだろう。

しばらく夜空を眺めていると、何やら青白い光が、ゆっくりと北の空に浮かびあがってくる。その光はゆっくりと形を変えながら、竜巻のように舞いあがってきた。

「デイブ、オーロラだ！」

ぼくはテントの中にいるデイブを呼んだ。はじめて見る不思議な極北の光は、まるで生き物のように揺らめいていた。デイブはテントから顔を出しただけで、すぐまた引っこんでしまった。もう珍しくもないのだろう。オーロラは次第に輝きを増し、全天に広がっていった。ぼくはただ、ぼんやりと光の動きをみつめているだけだった。これから始まろうとしているアラスカの生活に、オーロラの光は、何か暗示をあたえているような気がしてならなかった。

II　カリブーを追って

ブルース・ハドソンの操縦するセスナ185は、霧の中をもう一時間近く飛行していた。東部アラスカ北極圏、高度八百メートル。ぼくたちは霧の晴れ間を捜しながら、まっすぐブルックス山脈に向かっていた。まったく何も見えない。少し心配になり、隣で操縦するブルースの顔をときどき見ていた。話しかけるには、ヘッドフォンをかぶりマイクを使わないと、エンジン音で何も聞こえない。

「ブルース、大丈夫か」

ブルースはぼくに向かって、笑いながらうなずくだけだ。ぼくたちは、春の北極圏特有の霧に完全に閉じこめられていた。

ぼくはカリブーの季節移動を撮影するために、東部ブルックス山脈に向かっていた。前の年、ケープトンプソンのキャンプで毎晩のように聞いたカリブーの話は、ぼくの頭の中から離れず、大きなものとして膨らんでいた。すべての情報はディブがくれた。

「ブルース・ハドソンと組んでやれ。アラスカ北極圏を自由に飛べる、数少ないブッシュパイロットの一人だ」

ブッシュパイロットとは、エスキモーやインディアンの村の間を人や物資を運んだり、アラスカの僻地(へきち)を飛行するパイロットのことをいう。

いつのまにか霧の切れ間が頻繁に現れるようになり、ぼくたちは突然、どこまで続くかわからない乳白色の世界から飛び出していた。眼下には、まだたっぷりと雪をかぶった大地が広がり、その果てにはブルックス山脈の山なみが屛風(びょうぶ)のように連なっている。早春の陽を浴びた雪面がまぶしかった。

「今年は雪が多いからカリブーの移動は遅れるぞ。食料は十分にあるか?」

ブルースの声がヘッドフォンから聞こえてきた。ぼくはブルースの方を向いてうなずいた。

「クマはもう冬眠から覚めているかな」

今度はブルースがぼくに向かってうなずいた。

ブルックス山脈が次第に近づいてきた。見渡すかぎり、生命のかけらさえも感じられない白い世界が果てしなく続いている、自分はいったい何をしようとしているのだろう。膨らませていたぼくの計画を無視するかのごとく、眼のあたりにする風景はあまりにも大きすぎた。これから一ヵ月半の間、一人ですごさなければならない。ぼくは、その山なみを飽きることなくみつめていた。何かあっても一人で脱出することは不可能だろう。ここからいちばん近い内陸エスキモーの村まで、ブルックス山脈を越えて二百キロもあるのだから。準備は万全だったろうか。……食料は十分だ。ライフルも持った。あとは不慮の事故がおきないことを祈るだけだ。

セスナはブルックス山脈の谷あいにはいっていった。アラスカ北極圏を東西一千キロにわたって貫くこの山脈は、ほとんどの山が未踏だろう。山や谷に名前すらついていない。これだけ北に位置する山脈に、氷河の形成があまり見られないのは、年間の降水量が極端に少ないからだ。この山脈を越えると、ただただ広大な北極斜面が北極海まで広がっている。ここはもう永久凍土の世界だ。

ブルースは次第に高度を落としてゆき、ランディングの場所を捜しはじめた。川はまだ完全に凍結しているようだ。スキーをつけたこのセスナなら、ほとんどどこにでも着陸できるような気がしたが、着陸してから滑走するために十分な、フラットな場所はなかなか見つからない。

何度か雪面すれすれの低空飛行をしたあと、思いきってランディングしてみる。しかし、フラットな距離がやはり短すぎて、あわててアクセルをふかし飛びあがる。去年のケープトンプソンでのランディングを思い出す。あのときにくらべればどうということはない。そしてあの飛行以来、どんなに怖くても、見せかけだけは平然としていようと心に決めていたのだ。結局、パイロットでないぼくはどうすることもできないのだから。

ブルースは凍結した川岸の雪原にいい場所を見つけ、何度かバウンドしながらも、無事に滑りこんでいった。エンジンを切ると、物音ひとつ聞こえない静寂があたりを支配していた。風もまったくない。気の遠くなるような風景の広がりだ。北は北極海までさえぎるものとてなく、後ろにはブルックス山脈が連なっている。

小さなセスナにぎっしりと積みこんだ荷物をおろしはじめた。一回の飛行で積める分だけと思い、ぎりぎりに絞った装備だったが、結局、次のごとき山のような荷物となってしまった。

カメラ機材

カメラ（35ミリ）一台、レンズ六本（800ミリ、300ミリ、100ミリ、55ミリ、35ミリ、24ミリ）

カメラ（6×7）一台、レンズ三本（300ミリ、105ミリ、55ミリ）

三脚、フィルム（五十本）

野営用具

テント二張り（予備テントを含む）、ペグ、ロープ、マット、シュラフ、羽毛服、雨具

炊事道具

コンロ、コッフェル一式、ホワイトガソリン（三ガロン）、フライパン、マッチ、ライター

食料

米（五キロ）、ホットケーキの素、オートミール、ラーメン（十個）、タマゴ（十二個）、缶詰（コンビーフ、ツナ）、タマネギ、ジャガイモ、マーガリン、カレー粉、かつおぶし、

醤油、調味料、ビスケット、チョコレート、コーヒー、ココア

その他

スキー、スノーシュー（輪かんじきの大きなもの）、ライフル、[8]釣り竿、救急箱、トイレットペーパー、時計、双眼鏡、日記帳、パイプ

本（『デルスウ・ウザーラ[9]』、その他）

荷物をおろしたあと、二人であたりを歩きまわった。ブルースは、明らかにぼくのことを心配しているようだ。一ヵ月半、絶対に人に会うことはないだろう。

「もし何かあったら雪原にＳＯＳを書くか、黄色いテントのフライシートを振るように」

とブルースが言った。一ヵ月半の間に、何度かこの上を飛ぶことを約束してくれた。ぼくはというと、これから長いキャンプにはいることに対しての不安は、じつはほとんどなかった。それよりも、はたしてカリブーの季節移動が見られるかどうかのほうが、よほど心配であった。雪の状況により、カリブーの移動ルートは毎年違うからだ。もしかしたら、とんでもない大き

な賭けをしているのではないか。

ブルースと日程の最終確認をしたあと、セスナは飛び立っていった。爆音が遠ざかり、セスナが見えなくなると、あたりはふたたび深い静寂に包みこまれた。さあ、もうひとりぼっちだと思うと、自分で自分を元気づけたくなる。とともに、それとは裏腹の、叫びだしたいような解放感があった。まだ白一色の春遅いアラスカ北極圏であったが、長く暗い冬はすでに終わっていた。ぴーんと張りつめていた真冬の空気は、もうここにはない。自然が人間に対して敵対的な季節は、すでに過ぎさっていた。ぼくは凍結した川岸にテントを張り、ベースキャンプをつくった。

それから数日間、キャンプは完全に霧に閉じこめられてしまった。雪面と霧の境さえわからず、テントから離れることもできない。風が吹いて、この白いベールをとりはらってほしかった。こんなに風を待ち望んだこともない。あたりが何も見えないというのは気味が悪いものだ。冬眠から覚めたクマがもう動きまわっているころだろう。あまり心配もしていなかったクマのことが、急に気になりだしてきた。食料はキャンプから離れた雪の下にすべて貯蔵する。テントのまわりを雪のブロックで囲み、風に備えた。

霧が晴れると、毎日のようにクロスカントリースキーで遠出をした。春のざらめ雪に苦しめられながらも、スキーなしでは腰まで雪に埋もれてしまう。早春とはいえ、風が吹くと顔が刺すように冷たかった。けれども、未踏の谷あいをスキーを駆ってはいってゆくのはじつに楽しいものだ。自分が大きな風景の中の一点にすぎなくとも、まわりのすべての自然が自分に属しているような気がする。テルモスのコーヒーをすすり、パイプをふかしていると、なんともいえない幸福感にひたってしまう。

ある日の夕方、北極ギツネが山の麓(ふもと)を歩いているのに出くわした。この旅で目にするはじめての生物だった。冬毛から夏毛に変わろうとしているらしく、前半分が焦茶色で、後ろ半分がまだ白い冬毛であった。冬眠から覚めた北極ジリスも、雪の上を走りまわっている。北極ジリスは、冬の眠りから覚めると同時に繁殖期にはいるのだ。春の陽を浴びて、二匹のリスが追いかけっこをしている。楽しそうな光景だが、じつは繁殖期に向けての、雄同士の熾烈(しれつ)な縄張り争いなのだ。このリスは、完全な冬眠をする数少ない極北野生動物の一種だ。完全な冬眠とは、新陳代謝を極端に落とし、氷点近くまで体温を下げて冬をすごす状態のことをいう。なかば仮死状態となるわけだ。クマの場合は本当の意味での冬眠ではなく、ただ深い眠りにはいっているだけだ。

春が駆け足で近づいてきた。半年の間凍りついていた大地を、太陽がどんどん解かしてゆく。アラスカの春一番があるとすれば、それは川の解氷の日のことだろう。ある朝、何か大きな物がぶつかり合うすさまじい音に目を覚ました。冬の間、凍結していた川が動きだしたのだ。巨大な氷の塊が、押しあいながら流れに乗ろうとしている。北極圏は冬の眠りから覚め、少しずつ動きだしたようだ。

アラスカの人々にとって春がいかに待ちどおしいもので、解氷の日からそれが始まるのだということを示すものに、ネナナアイスクラッシックと呼ばれる祭りがある。アラスカ内陸部を流れるユーコン河の支流、ネナナ河の氷がいつ動きだすかに、アラスカじゅうで賭けをするのだ。何月何日何時何分何秒に、アラスカに春が来るかを賭けるのである。一人五ドルの、ささやかな、とはいえ全体にすれば莫大なギャンブルだ。なぜなら最も近い時を当てた者が、すべての金を持っていけるからだ。ともあれ、日本の宝クジより夢がある。

ある日、一陣の強い風が吹いたかと思うと、テント全体が一瞬、持ちあげられそうになった。この風が、それから二十四時間吹き荒れるブリザード[10]の前ぶれとは、まったく予想がつかなかった。風は次第にピッチをあげてきて、一時間もしないうちに暴風雪となった。デイブに言われたことが頭の中をよぎった。

「テントは予備を含めて二つ持っていったほうがいい。春の北極圏はときどきものすごいブリザードに襲われるんだ。何しろ北極海からさえぎるものがないから、風をまともに受けてしまうんだ。テントを引き裂かれてしまうことがあるからな」

風が爆発したように強さを増してきた。テントの外に出てペグを打ち直し、張り綱を締め直した。体が風でもっていかれそうになる。

イグルー型のテントは、センターポールと張り綱だけで支えられている。ぼくはテントの中でセンターポールにしがみついていた。風が唸(うな)りをあげている。風がこんなに恐ろしいものだとは知らなかった。さえぎるものとてないアラスカ北極圏の大地に、一メートル五十センチほどのぼくのテントが露出して、このわけのわからぬエネルギーを一手に受け止めているような気がしてくる。

アルミのセンターポールが弓なりにしなり、テント全体が変形してきた。これはまずい形勢になってきたぞ。このままではきっと引き裂かれてしまうだろう。もしそうなったら、この中で予備のテントをたてることなどまったく不可能だ。考えたあげく、センターポールを外してしまおうと決めた。この風に抵抗するよりも、袋状になって柳のように吹かれているほうが安全だろう。ポールを外すとたちまち、ぼくはテント全体にたたきつけられた。もうテントの中はめちゃくちゃである。ペグが抜け、テント全体が浮きあがってきている。もう自分の体重で支えるしかない。テント全体に押しつぶされ、座っていることさえできない。いったいいつまで続くのだろう。横になってテントにしがみつきながら、なんとかこの布が引き裂かれないことを祈った。朝から何も食べていない。時計を見るともう夕飯の時間だった。が、それどころではない。テントの中に散らばったビスケットを集め、ひとまず口に放りこんだ。

いったいどのくらいの時間がたったのだろうか。ぼくはいつしか疲れはて、テントにくるまったまま寝こんでしまった。目が覚めると朝だった。風はやんでいた。外に出ると、テントのまわりに大きな雪の吹きだまりができていた。空を見あげると、雲間からは青空が広がっている。二十四時間吹き荒れたブリザードが、まるで嘘のようだ。


川は日増しにその幅を広げていった。大きな氷塊がぶつかり合いながら流されてゆく。もうこの川を渡ることはできない。雪解け水が、氷を運びながら濁流になっていた。

川が落ちついてきたある日、はじめて釣り糸を垂らしてみた。そろそろ新鮮な肉が食べたくなったのだ。この川には北極マスがいるはずだ。しかし、引っかかるのは上流から流されてきた木の枝ばかりで、大切なスピナ（擬餌鉤（ぎじばり）の一種）を何枚もなくしてしまった。それればかりか、川べりで昼寝をしている間に、釣り竿の柄のコルクの部分を北極ジリスにすっかりかじられてしまった。釣り竿もスピナも、友人に頼みこんで借りてきたものなのだ。

ベースキャンプを川べりから山の上の見晴らしの良い場所に移した。これがまた一日がかりの大仕事だった。こんな自然の中の生活でも、引っ越しはそれなりに大きな気分転換になる。いうなれば新居を構えたようなものだ。北極圏の天気は気まぐれで、春めいたかと思うとまた吹雪になった。しかし、山の雪も確実に解けはじめている。春の訪れというものは、自然の営みというだけでなく、無条件に人の気持ちをも温めてくれる。

ある日の午後、谷あいの山の上から黒い点が飛び出した。青空と雪の境から次々と黒い点が現れ、やがて一本の線になってきた。しかも、それはこちらに向かっている。はじめて見るカリブーの季節移動だ。四十頭ほどの小さな群れだった。近づくにつれ、雪を踏みしめる音が聞こえてきた。先頭のカリブーが道をつくっているらしい。荒涼とした雪原の中、黙々と進む一本のカリブーの列。

この日から、毎日のように小さな群れが谷を通りすぎていった。すべてが雌の群れであった。デイブが言っていたように、雄のカリブーの移動はずっと遅れるのだろう。ある日、群れの中に、生まれて何日も経っていない子どものカリブーを見つけた。そろそろ出産が始まったのだ。

生まれてからの数日間は、子どもにとって、生きのびられるかどうかの大切な時間となる。オオカミやグリズリーが群れの移動を追っているからだ。

あるとき、カリブーの群れがキャンプのすぐ近くを全速力で走りすぎていった。いったいどうしたのだろう……。反対の方向を見ると、グリズリーがそのあとを追っていた。カリブーの子どもにとって、生存の篩(ふるい)にかけられる要因はそれだけではない。群れから離れてしまった親子を、小さな川のほとりに見つけたときのことだ。本当に小さな流れなのに、子どもは怖くて渡ることができない。母親はみずから対岸に渡り、子どもを呼んでいる。足先を水につけ渡ろうとするのだけれど、どうしても決心がつかない。母親はふたたび川を渡り、子どもの顔をなめて元気づけている。ふたたび川を渡り、対岸から子どもを呼ぶ。ほんの十メートルしか幅がない小さな流れなのに、母親はいったい何回同じことをくり返しただろう。カリブーの子どもはついに渡った。はたしてこの子どもは生きのびられるだろうか。なぜならば、この親子の進む方向に、比較にならないほど大きな川が待ちうけているからだ。その後、何頭かの子どもの死体を川岸に見た。自然の中で生きる生命というものは、ときとしてこんなにももろいものかと感じた。

山の斜面に、ところどころ土が顔をのぞかせるようになってきた。土の香りとは、なんといいものだろう。テントを、雪の上から土の上に移した。ぼくはふだんはずぼらなわりに、テントをたてる場所はたっぷり時間をかけて良い場所を選ぶ。太陽、風向き、そして眺めを考えて、最高のベースキャンプをつくりたい。とくに、長い待ちのキャンプを張る場合、これはとても大切なことなのだ。ときには、テントの入口に咲く一輪の花さえ、長いキャンプ生活に疲れた心を慰めてくれることがある。

キャンプの一日は、雪を解かし水をつくることから始まる。朝のコーヒーの香りはなんともいえない。そしてパイプで朝の一服。ふだんの生活では吸わないのに、こういう自然の中での煙草(たばこ)の味はたまらない。朝食前に、三脚とカメラをかついで近くの山にのぼる。白一色だったアラスカ北極圏は消え、少しずつ黒い大地が広がっていた。

キャンプに戻り、ゆっくり朝食をつくるのも楽しいひとときだ。が、そのころには、太陽はもう真昼のような高さで頭上に輝いている。零時近くに最も低くなった太陽は、そのまま地平線上をなめるように動いたあと、午前二時には、ふたたび昇りはじめているのだから。そう、太陽が尋常でない動きをしているわりには、規則正しい生活をしている。コンロに火をつけ、元気のいい音が聞こえてくるとほっとする。こういう生活をしていると、つまらないことがじつに楽しかったりするものだ。テントの中の整頓、コンロのクリーンアップ、週に一度の洗顔、髭ののび具合を確かめること……。数えあげたらきりがない。何よりの楽しみは、古い手紙を飽きもせずに何度も読み直すこと。

あたりまえの話だが、大自然の中での用足しは本当に自然だ。これ以上すがすがしい用足しは絶対にない。現代人の中で、どれだけの人間がこの快感を知っているだろうか。ぼくたちの文化というものは、自分たちの排泄物をできるだけ見ないようにできあがっている。つまらないことかもしれないが、そんなことからさえも、ぼくたちは何かを失っている。

夜になると（太陽は沈まないが）、川岸から集めてきた流木で焚火をした。木のまったくはえないツンドラに、大量の流木を見つけるのは奇妙な眺めであった。雪解けの川の流れに乗って、遠い南の森林地帯から運ばれてくるのだ。焚火は一人でいるときの最良の友だちだ。火をみつめていると、時間が経つのを忘れてしまう。火のそばに寝ころびながら、灰だらけのコーヒーをすする。そして、もう何度読み返したかわからないアルセーニエフの『デルスウ・ウザーラ』のページを繰っていると、これほどぜいたくな時間はほかにないだろうと思われる。

ある朝、いつものように朝食をつくっているとき、山の彼方に、かすかな小型飛行機の音を聞いたような気がした。幻聴かなと思いながらしばらく耳をすましていると、次第にはっきりとした爆音が聞こえてきた。と、ブルース・ハドソンのセスナ185がブルックス山脈の稜線上に現れた。つくりかけのホットケーキも見捨てて、ぼくは走りだした。まさに、ヤッホーという気分。キャンプのすぐ近くの小高い丘にのぼり、力いっぱい両手を振った。ブルースは思いきり低空飛行をしながら頭の上を掠(かす)め、石に包んだメッセージを落としていった。紙を開くと、「たくさんのカリブーが山の南側にいる。グッドラック」と書かれていた。ブルースは何度か旋回したあと、あいさつのしるしにウィングを一回上下に振り、ふたたび山の彼方に消えていった。雪解けが始まったこの時期、スキーでも車輪でも、セスナがランディングできる場所はどこにもない。ブルースが来てくれたことだけでうれしかった。

ブルースは腕のいいパイロットだ。

「ブルースがそこに降りられないのなら、アラスカのほかのパイロットはだれも降りられないよ」

「ブルースは、ときどき操縦しながら寝てしまうことがあるらしいよ」

彼についてはいろいろな話がある。ある年の夏のことだ。その日ぼくはフェアバンクスの町でブルースとばったり出くわした。

「明日からブルックス山脈にはいるんで、準備をしてるんだ」と言う。

「今日、同じ方向に飛ぶから急いで準備しろ。乗っけてってあげるから」

ラッキーだ。頭の中の計算機が動く。二百ドルセーブ、と答えを出した。夕方、ぼくたちはフェアバンクスを飛び立った。あわただしい準備に疲れていたぼくは、そのまま寝こんでしまった。一時間も経っただろうか。目を覚ますと、ブルックス山脈の上を飛んでいた。隣を見てびっくり。パイロットのブルースもまた、眠っているのだ。起こしたい気持ちをひとまずおさえ、ぼくはブルースの様子を観察した。殊勝なことに、数分間に一度、薄目を開けて前方を確認していた。

快晴の日が何日も続き、雪解けが急ピッチで進んでいた。ぼくはその日も、カリブーを求め、カメラの詰まったザックを背負って歩いていた。ツンドラの上は水びたしなので、残雪をたどりながら、足を濡らさないように道を捜す。雪の下も、ところどころ深い水たまりができていたり、小さな川になっていたりした。雲一つない晴れあがった空から、太陽の光が燦々と降りそそぎ、大地を暖めている。もう夏至が近いのだ。一日じゅう歩きまわったぼくは、夕方、ベースキャンプに向かっていた。最後の稜線を越えたときのことだ。谷間を見おろしてがくぜんとしてしまった。朝通った谷間全体が川になっているのだ。ここを越えなければキャンプには戻れない。川というより、小さな海といったほうがいい。雪解けの水が一気に流れこんできたのだ。ぼくは、背中のザックを水につけないように両手で持ちあげながら、おそるおそる水にはいっていった。足が締めつけられるように冷たい。十秒もすると、もう我慢できなくなり、あわてて土の上に戻った。かき氷を一気に食べるとおでこが締めつけられるように痛くなる。ちょうどあんな具合に、下半身全体がなったのだ。ともかく渡るしかない。流れは急ではないが、深いところは股(また)までつかった。しばらく行くと怖くなり、引き返すべきかどうか迷った。もう少し行けば立てるだけの島がある。あそこまで行ってみよう。……ちょっとの間、その島で休み、気持ちを落ち着かせた。あたりを見渡し、浅いところを伝っていけないものかと考えた。が、見当がつかない。……とにかく信じられなかった。ツンドラの永久凍土層(11)が水をしみこませないのだろう。ころばないように気をつけなければ。カメラとレンズ一式がザックに詰まっているのだから。……冷たさにも少しずつ慣れ、一歩一歩慎重に足を動かした。……対岸にたどり着いたときは、ぐったりするほど疲れきっていた。

ある日、ふたたび風の強い夜になった。また来たかと思い、外に出てテントの張り綱、ペグをチェックして風に備えた。雪が降ってきた。と、みるまにブリザードとなった。この天気の移りかわりの早さにはまったく驚かされる。寝る前にもう一度外を見ようと、寝袋にはいったままテントから顔を出した。強風が雪を拾い、目を開けていられない。山の稜線で何かが蠢(うごめ)いている。一列になって、たしかに動いている。ぼくはあわててカメラをザックに詰めこみ飛び出した。テントが風に飛ばされないだろうか、と一瞬危ぶんだ。が、気持ちはすでにカリブーの方へいっている。川岸まで行き、三脚を立てて座りこんだ。体が風に飛ばされそうだ。それだけでなく、抵抗など受けるはずのない三脚が、手を離すともっていかれそうになる。いったいなんという風なのだろう。先頭のカリブーの群れは、すでに川を渡りはじめているにちがいない。しかし、地吹雪で何も見えないのだ。夜の十二時をまわっているのにオレンジ色の太陽が真正面に輝いている。白夜の北極圏、太陽はもう沈まない。一瞬、風の切れ目がオレンジ色のベールをぬぐい去り、黙々と行進するカリブーのシルエットが逆光に浮かびあがった。ぼくは飛ばされそうな三脚に体を乗せ、レンズにしがみつくようにしてシャッターを切った。寒さも何も忘れていた。もし自分のアラスカを一枚の写真で見せろと言われたなら、ぼくは今でもこのときのブリザードの中のカリブーを選ぶだろう。

アラスカ北極圏に本当の春が来たようだ。残雪の間から、可憐(かれん)なワイルドクロッカスが薄紫色のつぼみとともに顔を出している。アラスカ州の花、忘れな草も風に吹かれて揺れている。二十四時間の太陽エネルギーは、北極圏の生命を急速に成長させる。春の最初の使者、ムナグロ、ユキホオジロが渡ってきた。ひき続いて、たくさんのシギ、チドリの仲間も現れた。まだ冬毛を残したライチョウが、絞りだすような独特な鳴き声をあげながら飛びまわっている。みな、夏の間の巣づくりにとりかかろうとしているのだ。ツンドラは生気を帯びてきた。つい数週間前の静けさが嘘のようだ。

ある朝テントから出ると、遠くの川向こうから二頭のグリズリーがこちらに歩いてくるのが目にはいった。まっすぐこちらに向かってくる。撮影をしようと、ぼくはテントの中にはいり、カメラの準備をしていた。気持ちは比較的落ちついている。しかし、カメラを持ってテントを出ると驚いてしまった。二頭のグリズリーは、すでに百メートル近くまで来ているのだ。ぼくがテントの中で準備しているあいだに、全速力で走ってきたにちがいない。ベースキャンプの食料の匂いを嗅ぎつけたのだろうか。ともかく計算が狂ってしまった。グリズリーはなおも近づいてくる。もう撮影どころではない。両手を振り、大声をあげながら自分の存在を知らせた。

突然、二頭のグリズリーは立ち止まり、ほとんど同時に後ろ足で立ちあがった。頭を動かしながらまわりの匂いを嗅いでいる。ぼくが見えないのだろうか。いくらクマは目が悪いとはいえ、ここまで近づいて見えないはずはない。と、二頭のグリズリーは、こちらの存在にやっと気がついたかのように一目散にもと来た方向に走りだしていった。体の力が抜けてしまった。成長した兄弟のクマなのだろう。走る後ろ姿がじつに滑稽だった。ぼくはそれが二つの点になるまで眺めていた。極北の自然の中で、グリズリーは本当に存在感のある動物だ。

夏の北極圏は、時間というものがあまり意味をもたない。太陽は頭の上をまわるばかりでまったく沈まないからだ。一日の区切りをどこにつけていいのかわからなくなってしまう。毎日日記をつけていないと、カレンダーを見ても該当日を見失ってしまう。こんな生活の中でさえ、時計を見て時間をたしかめ、カレンダーを気にしている。もし人間の一生がカレンダーで区切られるものならば、七十歳まで生きるとして七十冊のカレンダーだ。つくづく時の流れの奇妙さを思った。

このころ、夕方のベースキャンプを出て、翌朝まで歩きまわることがよくあった。この時間帯がいちばん気持ちがよく、動物を見る機会も多かった。しかし、カリブーはいつのまにか見かけなくなっていた。別の場所を通ってしまったのだろうか。しょせん広大な北極圏の中でぼくが行動できる範囲などほんの一点にすぎない。いくつかの群れを見ることができただけでも幸運だったのだろう。

歩きながらさまざまな植物を観察することができた。極北に咲く花は、小さくて外見はひ弱だけれども、苛酷な自然条件の中でしっかりと生きている。ツンドラで古い動物の骨や角を見つけると、そのまわりに花が咲いていることが多い。栄養分の少ないツンドラの土壌では、動物の糞や骨は、部分的ではあるが格好の栄養をあたえているのだ。そして数多くの種類の地衣類。このきわめて成長速度の遅い地衣類こそ、カリブーの生存を支え、壮大な季節移動の意味を解くカギなのだ。

数週間前、スキーではいった谷を、今は山靴で歩いている。雪解け水で海のようになった谷間には、今、花が咲き乱れている。カレンダーに記しておいた、ブルースがぼくを迎えに来てくれる日が近づいていた。もう一ヵ月以上、人と話していない。だれでもいいから話がしたい。食料もそろそろ乏しくなってきている。帰ったら思いきり野菜を食べよう、などと毎日食べることばかり考えていた。

ベースキャンプから眺める景色は、来たころとは別世界のようだ。ぼくはといえば、厚い羽毛服を脱ぎ、今はTシャツ一枚きりであった。ブリザードの中を通りすぎていったカリブーの群れは、いったいどこへ行ってしまったのだろうか。

ブルースが迎えに来てくれる日が来た。テントをたたみ、すべての荷物を山からおろす。うれしくてうれしくて、もう朝から浮き足だっている。西の空を見ながら、耳をすましてセスナの音を待った。ほんとうに今日だったのだろうか。ブルースは忘れていないだろうか。待ちどおしかった。人が無性に恋しかった。午後になり、かすかな爆音とともにセスナ185が山の稜線から現れた。やっと帰れる。スキーは外され、車輪でのランディングだ。プロペラが止まり、ブルースが出てきた。

「ミチオ、元気か」

うれしくてたまらない。二人で草原に寝ころびながら、この一ヵ月半のことをいろいろと話した。

荷物を積みこみ、ぼくたちはようやく飛び立った。窓からベースキャンプの位置を改めて確認し、一ヵ月半の間に歩きまわった山々を目で追った。それに続くブルックス山脈の連なりを見ていると、ぼくが垣間見た世界はなんと小さかったことだろう。ヘッドフォンを通して、隣のブルースの声が聞こえた。

「ミチオ、また来たいか」

ぼくはただうなずくだけだった。


後日、その冬のある日、朝刊を広げると見出しの記事が目に飛びこんできた。

「ブルース・ハドソン、ブルックス山脈で遭難」

この日、ブルースはフェアバンクスに帰る途中、ブルックス山脈上空でエンジンに故障をきたし、そのまま墜落してしまったのだ。三日後に空軍のヘリコプターで救出されたブルースは、九死に一生を得た。少し鼻が曲がってしまったが、その後六年間、ぼくたちは何度となくアラスカ北極圏を飛んだ。それからブルースはビジネスを広げ、今はブッシュパイロットではなく、ハドソン航空という会社の社長になってしまった。あの墜落はブルースの人生観を少し変えたようだ。一匹狼だったブルースは結婚し、家庭をもった。今でも毎年会うけれども、セスナ一機で北極圏を飛びまわっていたころの彼が、やはり懐かしい。

（一九八六年　三十四歳）

カリブーフェンス

一緒に過ごしている時〝ああ、自分は今アラスカに生きている〟と、しみじみ感じさせてくれる人間がいる。

長い撮影の旅から久しぶりにフェアバンクスの我が家へ戻ると、翌日の早朝、必ずといってよいほどアサバスカンインディアンのウォルターから電話がかかってきた。「ミチオ、おかえり！……」僕は眠い目をこすりながら、またウォルターかと苦笑してしまう。長い間そのことを不思議に思っていたが、最近になりその理由がわかった。何てことはない。僕が帰って来そうな十日も前から毎日電話をしているのである。

ウォルター・ニューマン、五十五歳、は、天衣無縫な、無類の好人物だった。実際、それ以外にこの男を説明する術（すべ）を知らない。僕とウォルターには、二人にしか通じない訳のわからぬ冗談があった。いつだったか、僕がこんなことを言ったのがきっかけである。

「ウォルター、学校を卒業すると学位というものをもらえるだろ。ウォルターは本当にいい奴だから、グッドマン・ディグリィ(良い人間の学位)をいつか僕があげるよ」ウォルターは本当に笑い転げ、それ以来僕たちの会話に欠かせぬ一言になった。

「ミチオ、いつグッドマン・ディグリィをもらえるんだ?」「ウォルター、もうちょっとだよ……」

まったく他人には意味不明の冗談だった。しかし、人間に生まれもった資質というものがあるならば、ウォルターが本当に上質な人間であることを僕は知っていた。

アラスカ先住民の分布を大きく分けると、海岸部にエスキモー、内陸部にはアサバスカンインディアンが暮らしている。ウォルターの体を流れる血が実はエスキモーであることを知ったのは、彼の口からフランク安田の名前がでた時だった。一九〇七年、飢餓に襲われたエスキモー村の人々を一人の日本人が率い、一年間もかけて北極圏の原野を越え、インディアンの世界であるる現在のビーバー村へとたどり着く壮大な物語。その旅の中に、まだ子どもだったウォルターの父親が一緒にいた。晩年の父親から聞かされたその旅の話をウォルターは語り部のように覚えている。

ビーバー村で生まれたウォルターは、結婚をしてブルックス山脈のアークティックビレッジへ移るが、今はフェアバンクスとの間を行ったり来たり、まったく住所、職業、不定である。インディアン協会の仕事をしているかと思えば、フェアバンクスの街角で仲間と共にフィドルミュージック（ギターとバイオリンで奏でる古くからのインディアンの音楽）を演奏していた。そして、アラスカ大学の研究者たちになぜかウォルターが知られているのは、彼がもつ自分の民族に対する歴史的な知識、興味、それに誰をも魅きつける素朴な人間性に拠るのだろう。

もう何年も前から、僕たちはある計画を話し合っていた。ウォルターと僕が共有する世界、それはカリブーだった。話は百年以上も前のアラスカ北極圏にさかのぼる。

アラスカに銃が入ってくる十九世紀以前、アサバスカンインディアンの狩猟は弓と槍に頼っていた。広大な原野を旅するカリブーに依存していた人々は、いつの頃からか、カリブーフェンスと呼ばれる壮大な狩猟法を思いつく。山の斜面や谷に、カリブーの季節移動のルートを想定して巨大なV字状のフェンス（柵）を作り、知らぬ間に入ってゆくカリブーをその奥で待ち伏せるのだ。北極圏のツンドラ地帯と南の森林地帯の間を、春と秋に旅をするカリブーの本能を利用した、何とのんびりとしてスケールの大きな狩猟法だろう。

カリブーフェンスの時代がいつ始まり、いつ終わったのかはもう誰もわからない。二十世紀になり、極北のインディアンが近代と出会う中でその存在さえも忘れ去られていったのだろう。現在の村からは遠く離れた山中に位置していたことも人々の記憶から急速に消えていった理由かもしれない。木の文化はやがて自然に帰るように、カリブーフェンスそのものも原野の中に消滅していったのだ。

一九七〇年代初め、一人の生物学者がアラスカ北極圏のカリブーの調査を始めることになる。一体カリブーがどのようなルートを通って旅をしているのか、それまでほとんど白いベールに包まれていたのである。それは五年にも及ぶ調査となった。生物学者の名前はデイブ・スワンソン。彼はこの壮大なプロジェクトに土地に精通する一人のアラスカ原住民を雇わなければならなかった。その仕事に志願してきたのがウォルターだった。ウォルターが住むアークティックビレッジは、アラスカ北極圏で最もカリブーに依存するインディアンの土地だった。

ある春の日の夕暮れ、カリブーの群れを捜しながらブルックス山脈をセスナで飛んでいた二人は、山の斜面にV字状の白い巨大な模様を見つける。数日後、歩いてその場所を訪れたデイブとウォルターは、それがかつてのカリブーフェンスの跡であることを確認した。すでに朽ち果て、歩いて通り過ぎても気付かぬほどの残骸は、ナスカの地上絵のように空から見ないとその形はわからない。それも雪が消え、まだ夏草が生え始める前のわずかな一時期、朝夕の斜光線の中でやっと白く地上に浮かび上がるだけのものだった。

アラスカに移り住んだ最初の年、僕はひょんなことからデイブと知り合い、北極圏の海鳥の調査に同行した。夜になると、テントの中で、北極海の波音を聞きながらデイブの語るさまざまなアラスカの物語に耳を傾けた。デイブは五年にわたるカリブーの調査を終えたばかりで、とりわけその話は僕を魅きつけた。アラスカへの夢ではち切れそうだった僕にとって、言葉のひとつひとつが体にしみ込んで血肉となった。おまえが本当にアラスカの自然と取り組んでゆくのならカリブーをやってみろ、とデイブは言った。何もわからないのに、それが大きなテーマになってゆくたしかな予感がした。その時、ウォルターやカリブーフェンスの話がでたことをおぼろげながらに覚えている。

ウォルターから突然電話があったのはそれから五年もたってからだった。

「おまえのことはデイブから聞いている。カリブーをやっているんだってな。いろいろ話があるからちょっと出てこい……」それが始まりだった。

頭がほとんどはげ、小柄でがっちりとしたそのインディアンはニコニコして僕を待っていた。人の気持ちを暖かくさせる笑顔だった。僕はウォルターのもつカリブーの知識に圧倒された。ブルックス山脈のどの谷を通ってカリブーが旅をしてゆくのか、雪の多い年はどのルートを通るのか……北極圏のすべての山々や谷がこの男の頭の中に入っているような気がした。僕がカリブーを追っていることがウォルターには嬉しそうだった。助けてくれると言った。

どこにいるのかわからないウォルターから、突然電話がかかってくるようになった。多くの場合、それはさまざまなインディアンの村からだった。

「ミチオ、すぐに来い！ カリブーの大群が近くの川を渡っているぞ！」「ウォルター、そんなこと言われたって無理だよ。ここから何百キロ離れているのさ!?」

いつの頃からか、僕たちは会うたびにカリブーフェンスの話をするようになった。朽ち果てながら、多くのカリブーフェンスが北極圏の山の中に眠っている。あと数十年たてば跡形もなく原野の中に埋もれてゆくだろう。誰に知られることもなく消えようとするひとつの時代の歴史を何とか記録に残しておきたかった。それが僕たちの計画だった。同じ夢を共に語り合える相手を見つけた嬉しさが、僕とウォルターにはあった。

アラスカに根をおろそうと思い始めてから、僕はこの土地の過ぎ去った歴史が気になって仕方がない。その切れ目のないつながりの果てに、今、自分がアラスカで呼吸をしている。きっとウォルターも同じような思いでこの土地を見つめているのかもしれない。

そして、カリブーとの出会いは、〝間に合った〟という不思議な思いを僕に抱かせた。あと五十年、あと百年早く生まれていれば……過ぎ去った時代に想いを馳(は)せる時、僕はいつもそんな気持ちにとらわれてきた。あらゆるものが目まぐるしいスピードで消え、伝説となってゆく。が、ふと考えてみると、アラスカ北極圏の原野を、幾千年前と変わることなくカリブーの大群が今も旅を続けている。それは驚くべきことだった。ウォルターはその世界を知る数少ない人間だった。

〝お帰り……〟と素朴な声が電話から聞こえてくると、その背後には、いつもアラスカの原野が広がっていた。

（一九九四年　四十二歳）

新しい旅

丸太小屋には焚火(たきび)の匂いがたちこめていた。古びた薪ストーブが真ん中に置かれていて、部屋の中は暖かかった。

老人はときおり咳(せき)こみながら、窓際のベッドに横たわっている。「もう長くは生きられない」と、息子のケニスは言っていた。十月の極北のインディアンの村には冬が駆け足で近づいていた。

小屋の中にいるのはぼくたちだけだった。初冬の残照が窓辺から射しこみ、部屋はぬくもりのある陰影に満ちている。丸太の壁にかかった色あせた写真、使いこんだ銃、オオカミのフードがついた着古したパーカ……テーブルの上にはボイルしたカリブーの大きな肉の塊と、六十センチもあるホワイトフィッシュが皿にのっている。

トウヒの大木を割ったままの、まだ枝の残りさえつく薪をストーブに放りこむ。熾火はボーッと勢いよく燃えあがり、外の寒さで凍てついた顔もやがて火照ってくる。年老いたハメルは、ベッドの上から柔和な視線をずっとぼくに投げかけていた。何か話したそうで、ぼくも何かを聞きたかった。

「ハメル、おなかすいた?」

老人は横になったままうなずき、ぼくは二つの皿にカリブーの肉を盛ってベッドまで運んだ。ハメルはやせ細った体を起こし、黒光りしたナイフで小さく肉を切ると、新鮮な秋のカリブーを大事そうに噛みしめる。ぼくたちは向かい合い、ときどき顔を見合わせては笑みを浮かべ、ただ黙々と食べつづけていた。かすかな肉の甘さは、カリブーが秋の原野を旅しながらたくわえた、ツンドラの木の実の甘さのような気がした。

「子どもだったころ、人々は必要なものはなんでもカリブーの毛皮でつくった。着るもの、ブランケット、テントもな……」

片肺がないので苦しそうだったが、それ以上に老人は話をしたがっていた。小さくかすれた声で、片言(かたこと)の英語しかしゃべれないハメルの話は、グッチンインディアンの言葉もまじり合い、容易に聞きとることはできなかった。

「ハメル、ぼくはアラスカでずっとカリブーの写真を撮っているんだ。カリブーがとても好きなんだよ」

「まるでオオカミのようにカリブーを追ったものだ……何日も何日も原野をさまよった」

ぼくたちの会話は、別の世界の人間同士が互いに独り言を言っているように噛みあっていなかった。壮大なカリブーの旅に魅かれ、十年以上も撮影を続けていることをハメルに伝えたかった。老人が生きた原野や、そこを風のように通りすぎてゆくカリブーを自分も知っている。ぼくたちには共有できる世界がある。ただそのことを伝えたかったのだ。

いつのまにか小屋の中はうす暗くなり、窓の外には夕暮れが迫っていた。ブルックス山脈を源とするシャンダラー河は、この小さな集落ヴィタニイを通りすぎ、その下流でユーコン河に注いでいる。ぼくは友人のケニス・フランクの家族を、このグッチンインディアンの村に訪ねていた。この旅の目的は、ケニスの父、ハメル・フランクに会うことだった。

グッチン族は、アラスカ北極圏とカナダ北極圏の国境沿いの原野に生きる極北の狩猟民で、この土地を波のように通過してゆくカリブーの季節移動に依存していた。この村のほかに、アークティック村、チャルキーツィック村、オールドクロウ村がグッチンインディアンに属し、その数は五千人にも満たないが、彼らほどカリブーと深い結びつきをもった人々はいない。油田開発かカリブーか、アメリカを揺るがした北極圏をめぐる環境保護論争がなければ、そしてグッチンインディアンが反対の声をあげなければ、この極北の狩猟民はアラスカの原野の片隅でいつまでも忘れられつづけた人々だろう。

ぼくは彼らがひっそりと生きてきた東部アラスカ北極圏の自然が好きだった。カリブーの大群を捜して、これまでどれだけこの世界を飛んだかしれない。セスナの窓ガラスに顔をつけ、どこまでも続くトウヒの原野を見おろしていると、ときおり木立の中からふっとオオカミが姿を現した。紅葉に染まった山の頂上で大きなブラックベアが秋の実をむさぼっていた。高度を下げながらそのまわりを旋回すると、クマはどっかり大地にすわりこんで不思議そうにぼくたちを見上げている。アラスカの自然に魅かれるのはそんな一瞬だった。自分の姿がこの世から消え、神の視点から、人間のいない世界に流れるひそかな自然のリズムを垣間見ているような気がした。

「風とカリブーの行方はだれも知らない」という極北のインディアンの古い言葉があった。大地を埋めつくすようなカリブーの大群が旅をしているのに、二十一世紀を迎えようとする今も、それを見る者はほとんどいない。ある日、幸運な男が、原野でその伝説の大群に出会ったとしても、次の日には、見渡すかぎりのツンドラに一頭のカリブーさえ見あたらないだろう。

はじめてその幸運な男になったときのことは忘れられない。ある夏の日の午後、ツンドラの彼方から数頭のカリブーが点のように現れると、やがて数十頭、数百頭、数千頭と地平線をみるみるうちに埋めつくし、まっすぐこちらへ向かってくる。いつのまにかあたりは数十万頭のカリブーの海で、ぼくはそのまっただなかにいた。地球のアルバムがあるならば、その遠い一ページに迷いこんだようだった。地平線へ消えてゆくカリブーの大群を茫然と眺めながら、揺さぶられるような感動とは裏腹の、ひとつの時代を見送っているような哀しさがあった。

ハメルはベッドに腰かけ、ゆっくり呼吸を整えながら、少し苦しそうに話しつづけていた。

「生まれたのはオールドジョンレイクのほとりだった。カリブーが一頭もやってこない年があった。そんなとき、生きてゆくのはたいへんだった。たくさんの人が飢えて死んでいった……」

オールドジョンレイク……現在のアークティック村に近い、山あいのその大きな湖をぼくは知っている。カリブーフェンスという、グッチンインディアンの小さな歴史を捜しに、地の果てのようなその湖に出かけたことがあった。

十九世紀末にこの土地に銃がはいってくる以前、人々はカリブーを狩るために壮大な罠を大地に仕掛けていた。カリブーの移動ルートに沿った山の斜面や谷に、V字状の巨大な木の柵をつくり、知らずにその中にはいってくる獲物を待ちうけて槍や弓矢で殺していたのである。それから一世紀もの歳月を経て、フェンスは倒れたまま朽ちはて、だれかがそこを通っても気づかぬほど風景の中に溶けて消えようとしている。が、雪が解け、まだ夏草が生える前の早春、上空から見おろすと、まるでナスカの地上絵のようにかすかな白いV字が浮かびあがるという。

その跡がオールドジョンレイクをとりまく山々に残っていることを、以前友人のカリブーの研究者から聞いていた。彼は調査のためにこの原野を飛んでいるとき、山の斜面に描かれた不思議な模様を偶然見つけたのだという。当時でさえカリブーフェンスの場所を覚えている古老はほとんどいなかった。カリブーを追っていたぼくは、だれに知られることもなく消えてゆくグッチンインディアンの小さな歴史を、いつの日か見ておきたいとずっと思いつづけてきた。

そしてあの春の日、セスナの窓ごしにたしかにかすかな模様を山の斜面に見たのである。そのままオールドジョンレイクに着水し、丸一日かけてその場所を目ざしてのぼった。しかし、カリブーフェンスをついに見つけることはできなかった。疲れはて、まるでキツネにつままれたような思いでこの湖を後にしたのを今でも覚えている。

そして、オールドジョンレイクの静まりかえったたたずまいが気になりはじめるのは、それからしばらく経ってのことだった。知り合ったグッチンインディアンの古老たちが、ハメルのように、この湖のほとりで生まれ育ったというのである。ぼくはカリブーフェンスのことをたずねたが、もう何も覚えてはいなかった。が、たしかなことは、かつてそこで人が生まれ、泣いたり、笑ったり、めぐる季節の中で、人間の営みが綿々と続いていたということである。「未踏の原野」は、ゆっくり音をたてて崩れはじめていた。

「オールドジョンレイクを離れたのは、二度目の飢餓がやってきたときだった。その年はカリブーもムースも姿を見せなかった。わずかなヤマアラシを食べて生きていたが、そこに残ってカリブーを待つか、旅にでるかを決めなければならなかった……」

一九二七年と一九三七年、この土地を襲った二度の飢餓のことはほかの古老からも聞いていた。その時代にオールドジョンレイクのインディアンたちは分散していったのだろう。カリブーの移動ルートといっても、はっきりとした道があるわけではなく、ルートそのものが毎年少しずつ違う。ある年はまったく異なるルートをとるのかもしれない。広大な原野のどこを通っていっても不思議ではないのである。狩猟民が必然的に背負いこまなければならない生存の不確実性。そこから生まれてくる自然観。そのことをもっと詳しく聞きたかったが、ハメルの言葉は断片的で、ぼくはやっとつなぎ合わせて理解しているだけだった。

「最後に残ったヤマアラシも食べてしまった……あと四、五日で死ぬ……そんなある日、カリブーの群れがやってきた……」

ハメルは満面に笑みをたたえてそう言った。まるで今カリブーがやってきたかのようにうれしそうだった。

自分もそうやっていつもカリブーを待っていた。老人と同じくらい、何週間も同じ場所で待っていたことがあった。ツンドラの彼方からその大群が現れたとき、震えるような感動があった。が、それは老人が見たカリブーではない。飢餓に襲われ、死期がもう目の前まで迫ったとき、原野の果てからやってきたカリブーをぼくは知らない。きっと、老人が見たものはカリブーという形ではなく、もっとぼんやりとした、自分自身とカリブーとの境も消えた大きな生命の流れのようなものではなかったか。

これまで自分が撮りつづけてきた自然とはいったい何だったのだろう。この土地にずっと暮らしてゆこうと思ってから、アラスカ先住民の人々が、かつて何を考え、どんな自然との関わりかたをしてきたのか、そして近代との接触の中で何を失っていったのかが気になりはじめていた。そのことを人々の声や気配を通して感じとっておかないと、どうしても前へ進めないような気がした。

いつか、ケニスが話してくれた〝子どものころの原風景〟が忘れられない。

「あのころを思い出すと、かならずよみがえってくるひとつの風景がある。……秋になると、村はずれの小高い山の上に、いつもだれかが座っているんだ。村のどこにいても、その小さな人影と、焚火から立ち昇る白い煙が見えた。突然、煙が大きく揺れだすと、村人たちは歓声をあげ、いっせいに狩りのしたくにはいるんだ。その煙がカリブーがやってきたという知らせだった」

ぼくはケニスのもつその原風景に近づきたかった。ケニスもハメルも、心の中に焼きつけられたそのような風景を通してカリブーを見ているのだろう。神話の時代を自分の記憶としてもっている古老たちは、同じ自然を、ぼくたちとは違う目で見ているにちがいない。そう思いはじめると、ある人々がしきりに気になってきた。これまでに出会い、すでにこの世を去った、エスキモーやインディアンのいく人もの古老たちである。

二十年以上も前に、シシュマレフ村でひと夏を共にすごした老婆、ウギ。しわだらけの顔にまだタトゥー（入れ墨）をしていた。考えてみれば、彼女が子どもだったほんの六、七十年前、人々の暮らしは何千年と変わらずに続いてきた神話の時代に近かったのだ。

ポイントホープ村の、遠い昔のクジラ漁に生きたローリー・アサパック。もう海に出ることはできなかったが、その自信に満ちた風貌は、人間とクジラがかつて北極海でくりひろげたであろう壮大な叙事詩を彷彿とさせた。

そして百十五歳まで生きたインディアン、ウォルター・ノースウェイ。ぼくが会いに行った翌年、ウォルターは長かった生涯を閉じたのだ。あのときはまだ元気で、遠い所からやってきたのだろうと、見ず知らずのぼくに首飾りとムースの手袋をくれたのだった。

思い出そうとすれば、記憶の中から次々とだれかが現れてくる。ぼくはたしかに彼らとある時間を共にし、言葉をかわした。が、なぜもっとしっかり向き合ってさまざまな物語を聞いておかなかったのか。その大切さに気がつくのにどうしてこれだけの歳月がかかってしまったのだろう。

しかし、今は少し違う。ハメルとすごしているわずかな時間をしっかり記憶にとどめておきたかった。老人の息づかいや、どこか遠くを見つめるような視線もふくめ、過ぎさった時代を五感の中で感じたい。話がふと途切れたときの沈黙も、それはまた違う言葉で語りつづけているのだ。その沈黙さえも記憶の中に刻みこんでおきたかった。

この夏に訪ねた、チャルキーツィック村の八十三歳の古老、デイビッド・サーモンの話も忘れられない。

「……人々は生きのびてゆくために、いつも動物たちを見つめて暮らしてきた。どの動物を狩って生きてきたかによって、人間も違ってきてしまった。オールドクロウ村のインディアンの動きは、カリブーのようだった。それは人々が踊るときにもすぐ現れてくる。ユーコン河のインディアンは最も強い人々だ。急流に向かって泳ぐサーモンを食べてきたからな……。そして私たちはビーバーの民だ。チャルキーツィックの村人の話しかたがそっと静かなのに気がつかなかったか？　ビーバーを食べて、ビーバーのように生きてきたからね……」

しーんと静まりかえった夜、デイビッドの小屋でその話を聞いていると、そんな世界が本当にあるような気がした。ぼくはハメルのもつカリブーの世界が何なのかを知りたかった。それは自分自身が追ってきたカリブーの世界と、どうすることもできない大きなへだたりがあるはずだった。

窓の外はすっかり夜の帳(とばり)がおりていた。乾いたトウヒの薪は燃えるのが早く、ときどきストーブの火をたしかめた。

ぼくは、ふと、シャーマンのことを聞いてみたくなった。その時代と近代とのはっきりとした境があるならば、それはシャーマンの存在に思えてならなかった。質問の意味がよくわからなかったのか、ハメルはしばらく黙ったあと、気をとり直したかのように話しはじめた。

「……ああ、こんなことがあった。……生き物たちが何もいなくなり、人々がどんどん飢えていったとき、シャーマンは眠りについた……夢を見るために……」

ハメルの話は途切れ途切れで、じっと耳をすましてはいたが、もう一度聞きかえすことはできなかった。老人は疲れはじめていた。ハメルの語ったことは何だったのだろう。シャーマンがカリブーの夢を見ることで、それが現実になって現れるということなのだろうか。

二年に一度、グッチンインディアンが一週間を共にすごす祭りがある。一九九三年にはカナダ側の村、オールドクロウ（年老いたワタリガラス）で開かれ、ぼくは国境を越えて出かけていった。はっきりとした目的があるわけでもなかったが、だれかに会いたかった。見知らぬ世界の扉を開けてくれる、だれかに会いたかった。

人々はグッチンインディアンが抱えているさまざまな問題を話し合った。油田開発がもたらすであろうカリブーへの影響、それにともなう狩猟生活の存続への不安、消えてゆこうとする言語、古い価値観の喪失、自殺、若者たちの未来……それは新しい時代とのはざまでアラスカ先住民全体が直面している問題でもあった。ぼくは会場の片隅に座り、人々が何を考え、どこへ向かおうとしているのか、耳をすましていた。人間がおしなべて混沌とした時代を迎えようとしている今、それはどこかで自分と無縁であるはずがなかった。

夜になると、カリブーを中心としたさまざまな食べ物が用意され、人々はこの土地の自然の恵みで腹を満たしながら夜ふけまで踊りつづけた。笑いの渦に満ちた楽しさの中で、人々は新しい時代への不安をひしひしと感じているような気もした。けれども、近代化の波にもみくちゃにされてきたアラスカ先住民は、長い旅を経て、今何かに気づきはじめているようでもあった。それはきびしい時代を生きた村のエルダー（古老）たちに対する深い敬愛の態度にはっきりと現れていた。

ある晩、村の老婆の九十五歳の誕生日が祝われた。小さな集会場に集まった二百人近い村人たちの前で、老婆が、彼女の生きた時代の思い出、そして次の世代へのメッセージを語りはじめると、小屋の中は水をうったように静まりかえった。ぼくはグッチン語の不思議な音色を聞きながら、人の暮らしが変わりつづけてゆく宿命を思った。

そんなオールドクロウの祭りで出会った男がケニス・フランクだった。グッチンの人々と深く関わってきた白人の友人が、ぼくの気持ちを知っていて、ケニスに会ったらいいと紹介してくれたのだ。ぼくはひと目でケニスが好きになった。肩まで髪をのばし、浅黒い顔の中にじっと見すえるような瞳をもったこの男は、寡黙（かもく）で、生来の精神的な深さを感じさせた。グッチンインディアンの世界をもっと知りたいと、ぼくは率直にケニスに話した。ぼくたちは親しくなり、秋になったら自分の村へ来ないかと誘われていた。ぼくとケニスは同い年だった。ずっとつきあってゆくことになるだろうというたしかな予感があった。それが今度のヴィタニイ村への、ケニスの父親を訪ねる旅になったのである。

夜もふけて、ぼくはケニスといっしょだった。ハメルはすでにベッドで寝ついていた。近くを流れるシャンダラー河で獲れたホワイトフィッシュでぼくたちの腹は満たされていた。ケニスの食べるものは、カリブー、ムース、そして川魚だけで、伝統的な狩猟生活で得た食物以外に手をつけることはなかった。そんなインディアンに会ったことがなかった。狩猟は彼の心の中で深い意味を宿していた。

ケニスは長い時間をかけてひとつの仕事を終えたばかりだった。それはグッチンインディアンの家系（ルーツ）をできるかぎり古い時代へさかのぼって調べることだった。まだ生きている古老たちを訪ねながら、原野の中でわかれていった人と人とのつながりをこつこつと紡いでいった。それは遠い祖先と話をしているような旅だったとケニスは言った。父親のハメルが生まれたオールドジョンレイクへも出かけ、草むらの中に埋もれたかすかな住居跡を見つけたのだった。

ケニスは、遠いグッチンインディアンの世界へたった一人で戻ろうとしているように思えてならなかった。かつて人々が聞いていた大地の声に、この男は本当に耳をすましていた。ぼくは、なぜか、ある痛みを感ぜずにはいられなかった。けれども、その旅がケニスをどこへ連れてゆくにせよ、ずっとこの男を見つづけていきたかった。

静かな夜だった。外を歩く村人の声がはっきりと聞こえていた。気温が下がると音は遠くまで伝わってゆく。だから狩りは暖かな日がいいというケニスの話を思い出した。薪を取りに外へ出ると、オーロラの青白く冷たい炎が雲間をぬって夜空を舞っていた。

「ケニス、今日ハメルの話を聞いていて、よくわからないことがあったんだ。ずっと昔、人々が飢餓にみまわれたころのシャーマンの話なんだけど……」

ケニスはじっとぼくを見つめながら、「それは説明することができない」と微笑をもって言った。

「ミチオ、おまえはおれたちの言葉を話すことができない。だからしかたがないんだ」

それは優しく拒絶するような言いかただった。

「おれはそのことを英語では語りたくないし、試みようとも思わない。グッチンの言葉でしか伝えられない世界があることを、おまえはもう知らなくてはいけない……それに、ハメルはシャーマンのことをおまえに話してなんかいない、口に出してはいけない言葉なんだ……つまり、おまえはそのことを聞いてはいけなかった」

ぼくは少しずつ新しい旅を始めていた。壮大なアラスカ北極圏に魅かれ、ずっとカリブーを追いつづけてきた自分の旅に、ひとつの終止符をうとうとしていた。

未踏の大自然……そう信じてきたこの土地の広がりが今は違って見えた。ひっそりと消えてゆこうとする人々を追いかけ、少し立ち止まってふり向いてもらい、その声に耳を傾けていると、風景はこれまでとは違う何かを語りだそうとしていることが感じられるようになった。人間が足を踏みいれたことがないと畏敬をもって見おろしていた原野は、じつはたくさんの人々が通りすぎ、さまざまな物語に満ちていた。

新しい旅とは、今、目の前のベッドで眠るハメルの心の中にはいってゆくことだった。老人の精神の中のカリブーへ向かっての、けっして到達しえない旅である。その旅の中で新しい風景が見えてくるのだろうか。

極北のインディアンの村はすっかり寝静まっていた。ハメルの丸太小屋も、聞こえるのはストーブの薪がはじける音だけだった。その暖かさが心にしみるのは、老人がすごしたたくさんの冬をそのぬくもりに感じるからだった。

ふと、ケニスは古びたインディアンの太鼓をとり出すと、そっとリズムをとりながら、消えいるような小さな声で遠い昔のカリブーの歌をうたいだした。それはだれに聞かせているわけでもなかった。泣いているような、叫んでいるような、とめどもなくあふれるその歌は、眠っているハメルの心にも届いているような気がした。ぼくはじっと耳をすましながら、その歌が終わらなければいいと思っていた。

（一九九五年 四十三歳）

雪、たくさんの言葉

マイナス五十度の寒気の中、チュルチュルとさえずりながら、一羽のコガラが目の前を飛び抜けた時の驚きを鮮烈に覚えている。あらゆるものが凍りついた世界で、なぜさえずることができるのだろう。十センチほどの小さな体の中で、どうやって生命（いのち）の灯を燃やし続けることができるのだろう。

僕はアラスカの冬が好きだ。生きものたちは、ただ次の春まで存在し続けるため、ひたむきな生の営（いとな）みを見せてくれる。それは自分自身の生物としての生命を振り返らせ、生きていることの不思議さ、脆（もろ）さを語りかけてくる。自然と自分との壁が消え、一羽の小鳥に元気づけられるのは可笑（おか）しなことだろうか。

一年の半分を占めるアラスカの冬。それは雪の世界である。人も動物も植物も、雪と関わりながらこの土地の切れるような冬を生きている。生きものたちは生存のために雪に適応してきただけでなく、生存のために雪が必要なのだ。そして雪は、暗く寒いこの季節に、不思議な明るさと暖かさを与えている。

新月の夜、かすかな月光が雪景色を照らし始め、昨日までの闇が青白く浮かびあがると、森の木々はすでにぼんやりと雪面に影を落としている。月影は夜ごとにその強さを増し、やがて、雪明りにみちた満月の夜がやってくる。人々は、その中にさまざまなものがたりを生みだしてきた。雪の世界の暖かさは、人間の想像力と無縁ではないのだろう。

いつかこんな話を聞いたことがあった。変わりゆくアラスカをめぐり、アラスカ原住民とアメリカ政府との間で開かれたある話し合いの席上でのこと。一人のエスキモーの老人がこんなことを言ったという。

「わしらは自分たちの暮らしのことを、自分たちの言葉で語りたい。英語では、どうしても気持ちをうまく伝えられん。英語の雪はｓｎｏｗでも、わしらにはたくさんの雪がある。同じ雪でも、さまざまな雪の言葉を使いたいのだ」

この話が妙に記憶に残っている。暮らしの中から生まれでた、言葉のもつ多様性。アラスカの冬を、雪の世界を、彼らの言葉を通して旅してみたい。ひとつひとつの雪の言葉に隠された、生命の綾(あや)をたどってみたい。

アニュイ(ANNUI、降りしきる雪)……冬が来た。これから長く暗い季節が始まるというのに、いつも感じるこの初雪のうれしさは何だろう。つい昨日までシラカバやアスペンの落ち葉を踏みしめていたのに、それがもう遠い昔のような気がする。しんしんと降る雪の中、あたりの気配が静まるのは、雪のもつ吸音性だけではないようだ。

生命の営みが集中する、つかの間の極北の夏。人の暮らしもまた、夏の太陽をむさぼるようにあわただしく過ぎてゆく。それはまるで、冬のつけを取り戻すかのよう。新たな冬の到来は、人々のその気持ちにある平静さを取り戻させる。雪の降る世界の静けさは、人の心の状態でもあるのだろう。

「ヘレンが癌(がん)らしい」

友人から電話が入り、アンカレジの病院に向かったのも十二月の雪の降る日だった。もう七十歳を越えた写真家のヘレンは、アラスカのパイオニアの時代を生きた僕たちの母親のような存在だった。かつてディズニーの動物記録映画のカメラマンだった夫のシーソは十年前に他界。その後ヘレンは自らカメラを持ち、アラスカの野生動物を撮り続けてきた。この二人がアラスカの自然に残した足跡は大きい。

毎年秋になると、僕たちはヘレンと共にマッキンレー山の麓でキャンプをしながら過ごすのが楽しみだった。焚火に顔を火照らせながらアラスカの古き時代を旅したヘレンの話に僕たちは耳を傾けた。そんな時、話の中に今は亡きシーソが必ず現れてくる。そのタイミングは自然で明るかった。僕たちはよく仲間と話したものだ。「最愛の人を失った後、ヘレンのように過ごしてゆけたらいいだろうね。打ちひしがれるのでも、思い出に浸るのでもない。ヘレンはまるでシーソがいつもそこにいるように共に生きているのだから……」

手術は無事に終わった。再発しないことを祈りながら、僕はキーナイ湖の畔に一人で住むヘレンと退院後の数日間を過ごした。

「ヘレン、一人で暮らしているからといってこれからはもっと栄養に気を配らなければだめだよ。タバコもこの際止めた方がいいな」

いつも言っていることを、今回だけは本当にまじめに話した。

「そうだね、もっと長く生きたいものね」

子どものような顔で答える、ヘレンのその言葉が心に残った。長く生きて欲しいと思った。年老いたヘレンと、わずかに重なる同じ時代を、できるだけ長く一緒に過ごしたかった。アラスカのパイオニアの時代を生きた、ある懐しい匂いをもつ人々が、少しずつ舞台から退場してゆく。少し急がなければならない。その時代を生きた人々の声で、たくさんの古い物語を聞いておかねばならない。

それにしても、四季の移り変わりと人の一生は、なぜこんなにも重なり合うのだろう。巡る季節の中で、人もまたそれぞれの季節を生きている。

降雪の中にじっと佇む一頭のムースを見た。雪はずっと降り止まず、アラスカは記録的な豪雪の冬へと向かっていた。

アピ（ＡＰＩ、地面に積もった雪）……ハッ、ハッ、ハッ、……シーンと静まり返った雪原に、聞こえてくるのは六頭の犬の吐息だけ。一月の北極圏ブルックス山脈。原野で暮らす友人のマイク・シーバーの家族を訪ねる。エスキモーの村アンブラーから犬ゾリで二日もかかるのだ。夏ならアンブラー川をボートで上ってゆかねばならない。が、今は冬。大地を覆う雪は、犬ゾリに自由な旅を与えてくれる。決して速くはないが、犬たちは確実にソリを引き、ソリは雪の上を滑り続ける。何と静かで自然な旅なのだろう。そして雪は、冬の旅の世界を大きく広げてくれるのだった。

北極圏の冬の日はあっという間に暮れ、テントもない雪の上でビバーク(1)となった。気温はマイナス四十度くらいか。持っている服をすべて着こみ、ソリの上で寝袋にもぐり込む。体の芯から冷えてきてなかなか寝つけない。呼吸をするために開けた寝袋のわずかなすき間から、キーンと凍てついた冬の星が満天に輝いている。

昔読んだジャック・ロンドン(2)の短編「火のおこし方」を思い出していた。原野に暮らす主人公が、一日行程のところでキャンプをしている友人のもとへ出かけるだけの話である。乾燥したこの地では寒さにごまかされることがある。実際の寒さがよくわからないのだ。気がつくと、知らないうちに手足や体が無感覚になっているという状態だ。主人公は歩き続け、足の指の刺すような痛みはしだいに遠のくが、指が暖かくなったせいか、無感覚になったせいか、彼にはわからない。突然川の氷が割れ、彼はひざまでぬらしてしまう。火を起こさなければと思う。しかし木の枝から落ちてきた雪のため炎は消され、最初の試みは失敗に終わる。だんだん手の自由も失われてくる。歯でマッチをくわえて火をつけようとするが、煙が鼻に入ってせきこみ、火は消えてしまう。死にもの狂いになった彼はマッチの束を手のひらにはさんですろうとするが、一度に燃えあがり手をやけどする。しかしそれも鈍くしか感じられない。思いもかけなかった、生死の問題が迫ってくる。狂乱状態になって夢中で走りだすが、何回もつまずきながらとうとう倒れてしまう。雪が暖かく、最初の眠気がやってくる。そして、やがて死が訪れるというだけの短編である。小さなつまずきから、寒さにどんどん追い込まれてゆくという現実は、ジャック・ロンドンがこの小説を書いてから半世紀以上たった今日でも、アラスカの生活の中で変わってはいない。

浅い眠りのまま夜が明けた。湯をわかし、熱いコーヒーで体をほぐしてゆく。心臓が鼓動し、血のめぐりを感じ、ただ生きているということに心が満たされることがあるのだなと思う。犬に餌(えさ)を与え、すぐに出発。極北の冬の一日は短い。

途中何度かカリブーの足跡を見た他は、生命の気配がまったくなかった。小動物たちは雪の下で冬を越している。外がマイナス四十度でも、雪の下は零度(れいど)に近い暖かさだ。大地を覆う雪のブランケットがなければ、多くの生きものたちは酷寒(こっかん)の冬を生きてゆくことができない。そして雪面の多様性は、生きものたちにさまざまなドラマを生み出してゆく。氷結した雪面は、フクロウに追われるレミングから逃げ場を失わせるだろう。が、柔らかなそれは、カリブーを追うオオカミに獲物を失わせるかもしれない。

最後の峠で素晴らしい夕暮れとなった。犬ゾリをしばし止め、残照に光る遠い雪原を眺めた。何という空間の広がりだろう。この原野で暮らすマイクは、いつか自由についてこんなふうに語っていた。

「自分のまわりには気の遠くなるような原野の広がりがあるだろ。じゃあその広大な土地を実際に必要かというと、そんなことは決してないんだ。暮らしてゆくスペースはほんの少しでいいんだからね。でも、どこかにその広大な自然がある。使うことがなくても、意識の中で自然の広がりを想像することができる。きっと、そのことが大切なのかもしれない」

谷あいの森の中に、マイクの家の灯が見えてきた。犬たちは急に元気を取り戻し、雪の上を心地良くソリが滑り出した。

クウェリ（QALI、木の枝に積もる雪）……二月になった。フェアバンクスは記録的な大雪ですっかり埋まっている。雪の衣をまとうトウヒの木々が何とも美しい。

ある日家に帰ると、車の屋根にトウヒの枝が突き刺さっていた。見上げれば、二十メートル近くもそびえるトウヒの幹に、もぎとられた枝の跡がある。雪の重みに耐えかねたのだろう。いつもどこかが壊れている僕の車だが、まさか屋根に穴が開くとは思わなかった。

しかし、針葉樹の枝に降り積もる雪は、森の生態系に大切な役目を果たしている。雪の重みはやがて弱い枝を折り、森の中に新しい光の窓をつくりだす。それまで大木の陰で生きてきた若木は太陽の光を得、急速に生長が進んでゆく。森のカーペットにも陽が当たり、さまざまな草花もまた新たな生長を始める。落ちたトウヒの針葉は太陽の光と共に苔類を押しのけ、次第にシラカバやアスペンなどの落葉樹に適した土壌を作ってゆく。山火事の後の植生がムースにとって最適の生息地になるように、自然の終わりは、いつも何かの始まりである。

フェアバンクスきっての家具職人、友人のジョンに頼んでいたベッドが出来あがってきた。昨年の五月に家を建ててから、何しろ家具がまったく無かったのだ。上等な薪ストーブさえあればとりあえず何もいらなかったのだから。十ヵ月近く続いてきた寝袋生活もこれで終わり。毎晩ストーブの前で薪のはじける音を聞きながら寝るのも悪くなかったが、やはりベッドの上は心地良い。フェアバンクスのシラカバから作ったベッド。その木目が何ともいい。ジョンのような職人に出合う木は、こんなにも美しく変身してしまうのだ。それは、地元の、身の回りの木を使った家具作りを愛するジョンならではの仕事だった。

アラスカ内陸部の森の主役はトウヒとシラカバである。天に突きさすように立つ男性的なトウヒの針葉樹も好きだが、この土地に根をおろし始めてからは、シラカバが以前にも増して身近に感じるようになった。この木の季節の移り変わりを見ながら一年が過ぎてゆく。やわらかな新緑、沈まぬ太陽を浴びた夏の濃い緑、心にしみるような黄葉、そして雪化粧。無窮の彼方へ流れゆく時を、めぐる季節で確かに感じることができる。一年に一度、名残惜(なごりお)しく過ぎゆくものに、この世で何度めぐり合えるのか。その回数をかぞえるほど、人の一生の短さを知ることはないのかもしれない。

マイナス四十度の日々が続いていた。薪ストーブは一日中燃えている。しかし冬至はもう過ぎた。この土地に暮らす人々にとって、冬至は気持ちの分岐点。なぜなら、この日を境に日照時間が少しずつ伸びてくるからだ。本当の寒さはまだまだ先なのに、人々は一日一日春をたぐりよせる実感をもつ。天気予報の最後に付け加えられる、今日は昨日より日照時間が何分伸びましたという報告。毎日言うことは変わらないのに、人々はそれを聞いてホッとする。

ストーブの炎を見つめていると、木の燃焼とは不思議だなと思う。二酸化炭素、水を大気に放出し、熱とほんのわずかな灰を残しながら、長い時を生きた木は一体どこへ行ってしまうのだろう。昔、山に逝った親友を荼毘（だび）に付しながら、夕暮れの空に舞う火の粉を不思議な気持ちで見つめていたのを思い出す。あの時もほんのわずかな灰しか残らなかった。生命とは一体どこからやって来て、どこへ行ってしまうものなのか。あらゆる生命は目に見えぬ糸でつながりながら、それはひとつの同じ生命体なのだろうか。木も人もそこから生まれでる、その時その時のつかの間の表現物に過ぎないのかもしれない。いつか読んだ本（『ものがたり交響』谷川雁）にこんなことが書いてあった。

〝すべての物質は化石であり、その昔は一度きりの昔ではない。いきものとは息をつくるもの、風をつくるものだ。太古からいきもののつくった風をすべて集めている図書館が地球をとりまく大気だ。風がすっぽり体をつつむ時、それは古い物語が吹いてきたのだと思えばいい。風こそは信じがたいほどやわらかい、真の化石なのだ〟

今年はカンジキウサギの姿をあちこちで見かける。木に降り積もる雪は、枝だけでなく、時として若木全体を倒してしまう。カンジキウサギは、そこに新鮮な餌と気持ちのよい塒（ねぐら）を得ることができる。

プカック（ＰＵＫＡＫ、雪崩（なだれ）をひきおこす雪）……三月のルース氷河源流を旅する。太陽の光を少しずつ暖かく感じ始めた。クレバスはまだ深雪に覆われ、雪面の起伏でわずかにその場所がわかる。慎重にスキーを走らせるが、久しぶりのポカポカした陽気に緊張感が遠のいてゆく。マッキンレー山を主峰とした、三〇〇〇〜六〇〇〇メートル級のアラスカ山脈の山々にぐるりと囲まれていた。突然、爆発音と共に、遠くの斜面が雪煙をまきあげながら、すさまじいスピードで落ちてくる。ヒヤッとしたが、やがて大きなデブリ（なだれ落ちて積もった雪塊）をつくりながら雪崩は止まった。

たっぷりと地面に降り積もった雪は、やがて、冷たい大気に触れる上層と、比較的暖かい土に触れる下層との間に大きな温度差が生じる。下層の水分はゆっくりと蒸発し、上層の冷たい雪に付着する。プカックとは、それによってゆるんだ下層の砂糖状の雪のことをいう。プカックの上部は固いシート状の雪となり、その上に新雪が積もると雪崩が起きやすい。しかし、その下層の柔らかな雪はそこで冬を越すネズミやレミングなどの生存に関わっている。プカックは、トンネルを掘りながら餌や塒を求める彼らの行動範囲を大きく広げるのだ。高山では危険なプカックも、低地では冬を越す小動物にとって大切な雪の状態なのである。

夜になり、オーロラが舞い始めた。氷河上でオーロラを見るのは初めてだった。テントのわきに寝転んで眺めていると、オーロラの中を流れ星が落ちていった。いくつもの人工衛星が通り過ぎていった。岩と雪と氷河に囲まれた、生命のかけらさえない無機質な世界から仰ぐ人工衛星は、何かいとおしかった。

僕は友人であったフランシスのことを思い出していた。登山家であり、バイオリニストであるという、スーパーレディーだった。夏の間、フランシスはこの近くのカヒルトナ氷河上に大きなキャンバステントを張り、マッキンレー山に登ろうとする世界中の登山者の面倒を見た。カヒルトナ氷河の花だった。日本人の登山者のために日本語を勉強し、緊急事態の日本語をトランシーバーでキャッチできることをとても喜んでいた。

僕は彼女のフェアバンクスの丸太小屋に夏の間住んだ。冬になると、フランシスはフェアバンクス・シンフォニーでバイオリンを弾いた。

一九八四年秋、彼女が癌であることを知った。その冬、最期に好きだったニューヨークに飛び、ある日一日かけて行きたかった場所を訪れて、翌日死んだ。彼女の死後、フェアバンクスで、音楽家のためのフランシス・ランドール基金が設立された。

オーロラはゆっくりと全天に広がり、あたりの雪面を淡く照らしだしていた。高山で見るオーロラは、別の天体にいるような錯覚を起こさせた。あたりまえのことなのに、フランシスはもう二度とこのオーロラを見られないのだと思った。時々、雪崩の音が夜の氷河に聞こえていた。

スィクォクトアック（SIQOQTOAQ サンクラスト——一度溶けて再凍結——した雪）……

四月の春の気配は冬の張りつめた緊張をゆっくりとほぐし、暖かな日中の陽に溶けた雪面は、夜の冷え込みで堅く凍結してゆく。半年もの間、雪の下で眠り続けていたクマが、そろそろ外の空気を嗅ぐ頃である。

ジョンから電話があったのは昨日の夜遅くだった。

「明日行くけど、どうする？」

「あっ、約束覚えていたんだな」

「見つかるかどうかわからないぞ」

「行きたいよ」

「スノーシュー（輪かんじきの大きいもの）を持ってこい。朝九時に野生生物局で会おう」

友人のジョンはアラスカ野生生物局のクマの研究者。三年前からフェアバンクス周辺のブラックベア（クロクマ）の行動範囲を調べている。何頭かのクマにつけた発信機をこの冬に取り換えなければならない。つまり冬ごもりをしているクマの塒を捜し当てなければならないのだ。

メンバーは五人。スノーシューをはいていても、重い荷物を背負った僕たちは時々深雪に足をとられてしまう。トウヒの森をやっと抜け、山に入っていった。

「この谷にいるんだ」

ジョンが確信をもって言った。

仲間のスティーブがアンテナを取り出す。皆が白い息を吐きながら耳を澄ましている。ピッ、ピッ、ピッ……アンテナの動きで変わる音の強弱で方向を確かめるのだ。

「谷の中にいると、電波がエコーして正確な場所がわからない」

ジョンの言うことは事実だった。それから四時間、僕たちは深雪の谷をさまよった。歩きながら、僕は二年前、北極圏のブルックス山脈でエスキモーの若者と冬眠から覚めるクマを待った時のことを思い出していた。よくもあんなことをやったものだ。

その日も巣穴近くでゴロゴロ過ごしていた僕たちはいつのまにか雪の上で寝てしまった。早春の暖かい午後だった。まさか本当に出てくるわけはないと、内心たかをくくっていたのである。一時間近くたったろうか。ふと目を覚ますと、雪面から黒い二つの耳がのぞいているではないか。すぐにもう二つの耳が続いた。子連れのクマだった。母グマがあたりを見回した後、ゆっくり伸びをするようにはい上がってきた。僕はあわてて隣でまだ寝ているエスキモーの若者をつついていた。これほど春を告げる風景を見たことがなかった。

ピッ、ピッ、ピッ……発信音が急に強くなる。

「おい近いぞ、ひょっとしたら真下にいるかもしれないな」

皆が急に小声で話し出す。十メートル四方の雪面のどこかに巣穴があるはずだ。が、この冬は雪が深く、どうしても呼吸穴が見つからない。二〜三メートル下に完全に埋まっているのだ。わずかな雪面の起伏を手がかりに何度か雪を掘り始めたがまったく手当たりがない。

日が暮れようとしていた。雪まみれになりながらさらに掘り続けると、バレーボールほどの小さな穴が雪の中から現れた。スティーブが腹ばいになり、懐中電燈をもち、慎重に顔を入れる……突然スティーブは後ろに大きくあとずさりした。懐中電燈をあてた目の前にクマの顔があり、フーッと息をかけられたらしい。それはびっくりしたことだろう。

「準備しろ！　静かに動け！」

ジョンが麻酔薬の入った注射器を棒につけ、スティーブに渡す。クマの姿勢は少し動き、後ろ足を巣穴の入口に向けているらしい。素早く注射をうつ。

五分が過ぎた。大丈夫だろう。

「ミチオ、のぞいてみろ、時間はあまりないからな」

首だけ突っ込み、懐中電燈で恐る恐る照らしてみる。闇の中に大きな黒い塊がうずくまっていた。雪の下でじっと春を待つその姿には、地上で動く姿よりもっと強い生命のたたずまいがあった。

スティーブは上半身を奥まで入れ、クマを入口まで引っぱり出さなければならなかった。しかし途中で体がつかえたのか抜けなくなり、足をバタバタさせている。目の前にあるのは、多分、麻酔が効いているクマの顔なのだ。皆で足を引っぱり出してあげた。

三歳のクマだった。母親と別れ、初めての冬ごもりなのだろう。僕はクマの体毛に顔を埋め、深く息を吸った。暖かなクマの体温が顔に広がり、香ばしい野生の匂いがした。

ジョンが発信機を取り換えている間、僕はここから見える山の上の一軒の家を眺めていた。こんな人里近くにクマが冬眠をしている。あの家の住人に知らせてあげたかった。あなたの家から見える谷の、一本のトウヒの木の下で、クマが冬を越しているのだと……。

すべての作業が終わり、穴を枯れ木で覆い、その上に雪をかぶせた。

そこはあたりと何も変わらない、一本の木と雪の風景に戻った。

ウプスィック（UPSIK、風に固められた雪）……五月のアラスカ北極圏に、遅い春が近づいていた。谷間の雪はズブズブとゆるみ始めたが、山の上の雪はまだがっちりと固い。もうすぐ、ブルックス山脈の稜線をたどり、カリブーの群れが南からやって来る。

薪を集めながら、雪解けの川沿いを歩いていた。いくつもの細い流木が重なり合う小さな木の山を見つけた。川に運ばれながら置いていかれたのだろう。持ってゆこうとして思わず手を止めた。複雑に絡み合う木々の間に、空（から）っぽの小さな鳥の巣がかかっている。人指しゆびで中を触ってみた。去年の巣なのだろうか。どの木を引き抜いてもその巣は壊れてしまいそうだった。

その日の夕暮れ、もう一度同じ場所を通りかかった。つい数時間前まで空（から）だった巣に、二個のタマゴが並んでいた。誰かに、どこかで見つめられているような気がした。それは一羽のベニヒワの巣だった。不思議な感動とともに、その流木に手をかけなかったことにホッとしていた。五月のアラスカ西部北極圏。気の遠くなるような広がりの中で見つけた、小さな最初の春だった。僕はここを通るかどうかわからないカリブーの春の季節移動を待っていた。

夜になり、流木を組み、小さな焚火をした。もう夜の闇はなく、白夜の季節が始まっていた。二十四時間の太陽エネルギーはどんどん雪原を溶かし始め、露出した大地が織りなす黒いモザイクは日ごとに広がってきた。

地平線から一頭の黒いオオカミが姿を現し、残雪の中を真すぐこちらに向かっていた。春の訪れとともにやってくるカリブーの群れを捜しているのだろうか。僕が気付くのとオオカミが気付くのがほとんど同時だった。まだ点のような距離なのに、オオカミは立ち止まり、ひるがえるように消えていった。それでよかった。写真など撮れなくてもよかった。一頭のオオカミと共有した閃光(せんこう)のような一瞬は、叫びだしたいような体験だった。オオカミが今なお生き続けてゆくための、その背後にある目に見えない広がりを思った。

何でもない流木にかけられた一羽のベニヒワの巣、原野を影のように横切るオオカミ、それは荒涼とした世界に突然意味を与え、ひとつの完成された世界を見せていた。

雪が消えた。香ばしい、早春の土の匂い。初雪の日、昨日までの秋を遠い昔に感じたように、冬も日ごとに忘れ去られていった。しかし雪解けに濡れたツンドラは、沈まぬ太陽に照りかえされて汗をかき、姿を消した雪はその最後の気配を漂わせていた。

ある日の午後、ツンドラの彼方が影絵のようにざわめいていた。何だろうと目をこらしても、それはかたときも焦点を結ばない。ゆらゆらと波のように揺れるその影絵は、早春のかげろうの中から現れたカリブーの大群だった。

（一九九一年 三十九歳）

白夜

「ドン、出かけよう。こんないい夜をのがす手はないよ」

「そうするか、考えたってどうしようもないもんな」

友人のブッシュパイロット、ドン・ロスは、諦め切った表情でうなずいた。最悪の状況を、とりあえず微笑をもって受けいれるドンの性格はいつもと同じである。

ぼくたちは、北極圏ブルックス山脈を流れるコンガクット川上流にいた。この川をずっと下れば、そのまま北極海に出る。

川岸のテントのわきには、ドンの愛機、セスナ175が止まっている。なかなか絵になるベースキャンプの風景だった。セスナのプロペラが曲がっている以外は……。

離陸に失敗したのだった。ウェイトを前にかけ過ぎ、動き出した瞬間、機首がツンドラに突っ込んでいた。滑走路などないアラスカの原野の飛行は、離着陸にいつも危険をはらんでいた。空から見れば平らそうなツンドラも、近づいてゆけば実際はでこぼこで、ランディングして機体が止まるまでいつも緊張を強いられる。わずかなくぼみ、ひとつの石が命取りになった。本当にあっという間の出来事だったのだ。

ドンはハンマーを持ち、時おりぼくと顔を見合わせながら、気休めにプロペラをトントン叩いている。だが、もう飛ぶことはできない。よりによってアラスカ最北の山の中。一番近いアサバスカンインディアンの村までだって、ブルックス山脈を越え百キロはある。ＳＯＳで何とか状況は伝えたが、新しいプロペラがフェアバンクスから届くのに一週間はかかるという。

エンジンに支障はないだろうか。一体どれだけの費用がかかるのだろうか。

置かれた状況とは裏腹に、数日間続いた濃い霧が晴れ、すばらしい夜となった。シュラフにもぐって寝てしまうか、夜を返上して山に登るか、ぼくたちはしばらく迷っていた。今は白夜の季節、太陽は斜光線のままもう沈まない。

軽ザックに行動食とコーヒーを入れ、すべての心配事をベースキャンプに残し、夜の山を登ることにした。

ぼくたちは北極圏を移動するカリブーの大群を求め、東部ブルックス山脈を旅していた。カリブーの旅を記録すること、それは自分にとって、アラスカでの大きなテーマだった。本当の意味での野生、原始自然というものをぼくは見たかった。かつてアメリカ平原を埋めつくしていたというバッファローの姿はもうない。人間がただ立ち尽くす、太古の気配をもつ風景は、すべてが伝説となった。あたりまえのことである。今はもう近代さえ遠く去り、二十一世紀というSFのような時代を迎えようとしているのだから……が、信じられないことに、それは遥かな極北の世界にまだひとつ残されていた。白いベールに包まれ、北極圏の原野を今もさまようカリブーの大群である。

ぼくはタイムトンネルに導かれるようにカリブーの旅を追った。そしてこの十年、ドンはいつも最良のパートナーだった。それは彼が信頼できるパイロットであるだけでなく、何よりも自分と同じような気持ちでアラスカの自然を見つめていたからかもしれない。

かつてアメリカ空軍の優れたパイロットであった彼の過去は、ボヘミアンのように生きる今の姿から想像することは難しい。なぜその地位を捨て、アラスカの原野を飛ぶ一介のブッシュパイロットになったのか、ぼくはあまり知らない。今は冬になると、かねてからの夢を実現させ、アフリカの難民キャンプに物資を運ぶ飛行を続けている。

ぼくはドンが好きだった。どこか、ひとつの人生を降りてしまった者がもつ、ある優しさがあった。ぼくたちは本当にたくさんの風景を一緒に見てきたものだった。

北極海沿岸を飛びながら、ツンドラを埋め尽くすようなカリブーの大群に出合ったのはたしか五年前。まだ人間の手が届かない原野を、数十万頭のカリブーが旅をする風景を、ぼくたちはただ呆然と見下ろしていた。

〝今おれたちが見ているのは、一千年、いや一万年前と何も変わらない世界なのさ〟

隣で操縦するドンのつぶやきが、マイクを通してヘッドフォンから聞こえてきた。

白夜のツンドラで、カリブーの群れを追う一頭のオオカミを息を詰めて一緒に見ていたこともあった。それもまた太古の昔と変わらない風景だった。人間のためでも誰のためでもなく、それ自身の存在のために息づく自然の気配に、ぼくたちはいつも心を動かされた。

しばらく歩くと、目の前のコンガクット川をどこかで渡らなければならなかった。ドンは、やはりプロペラのことを考えているのか、言葉少なだった。極北の川の渡渉はいつも危険である。たとえ深くなくとも、水の冷たさは恐怖だった。渡り始めたら、休むことも引き返すこともできないからだ。締めつけられるような痛さに、急流の中でバランスを失いそうになる。

川を渡り、高山ツンドラの斜面を登り始めると、小さな花畑があちこちに見えてきた。のどを震わせるようなライチョウの鳴き声がどこからか聞こえてくる。谷間で見えなかった低い白夜の太陽も、高度をかせぐにつれ姿を現し、やわらかな光を浴びせてくれる。

ぼくたちは花畑に腰をおろし、ひと息つくことにした。一日中飛び続けて疲れたのか、ドンは寝転んで目を閉じていた。微風が極北の小さな花々をゆらし、営巣を終えたムナグロがその中を歩き回っている。まだ七月だというのに、もう南へ帰る準備をしているのだろうか。

「おい、ミチオ、百年後、ここはどうなっているんだろうな」

突然、ドンが投げ捨てるように言った。そんな時、彼もまた同じような思いでアラスカの自然を見つめているのだと感じた。

さらに登ると、急に目の前がカール状に開け、ワタスゲの草原が広がっていた。白いワタ毛は白夜の光を浴びて金色となり、無数の宝石のように輝いていた。ぼんやりとあたりを眺めていると、遠くの山の肩から、点のようなカリブーが次々と現れてくるではないか。稜線上の点は次第に太い線となり、やがて黒い帯となって山の斜面を埋め尽くし、まっすぐこちらに向かってくる。

ぼくたちはあわてて駆け出し、ワタスゲの中に飛び込んで身を伏せた。ハーハーと白い息を吐きながら、ザックを肩からはずし、そのまま夏草の上に寝転んだ。夏のツンドラの香ばしい土の匂いがした。晴れあがった白夜の、深い青空がどこまでも広がっていた。頭の中がシーンとし、じっとしていれば、カリブーの群れがぼくたちの上を音もなく通り過ぎてゆくような気がした。

離陸の失敗は、一匹狼のドンにとって、大きな経済的負担をもたらすのかもしれない。しかし無事に飛んでいれば、今、ぼくたちはここにいない。

「ギフト（贈り物）だな……」

と、ドンが言った。
あたりが少しずつざわめいてきた。やがてぼくたちは、金色に光るワタスゲの海の中で、数千頭のカリブーの群れに囲まれていった。

（一九九三年　四十一歳）

ケニス・ヌコンの思い出

「秋になったら今年こそ行ってみるか」

「ケニス、まだ生きてるだろうか」

友人のブッシュパイロット、ドン・ロスと何度同じ会話を繰り返しただろう。夏の終わりになると、僕たちはケニスを思い出した。

ケニス・ヌコン。村を離れ、昔ながらの原野の暮らしに生きるアサバスカンインディアン。初めてケニスに会ったのは、カリブーの秋の季節移動を撮るためユーコンの支流を下った五年前のこと。ドンの場合は一九六六年だというからもう二十年がたつ。ボヘミアンのドンもまた、カヌーでこの川を旅している時ケニスに出会ったのだ。ケニスの思い出は、年を重ねるごとにふくらむある懐かしさを僕に与えていた。片腕しかなく、老いつつあるケニスは、今でもあの原野の丸太小屋に一人で暮らしているのだろうか。カリブーの群れは今年もあの川を渡り、ケニスは冬を越すための十分な肉を貯えただろうか。なによりもケニスはまだ生きてるのだろうか。

九月のある日、僕たちはフェアバンクスを飛び発ち、まっすぐ東部アラスカ北極圏へ向かっていた。ドンのセスナ185は、ケニスへの食糧でいっぱいだった。バナナ、メロン、レタス、オレンジ、タマゴ……。新鮮な野菜や果物のみやげは、原野で暮らす人々を訪ねる時の暗黙のしきたりである。

「ケニスにカレーライスを作ってあげよう」

「きっとカリブーの肉があるからそれを使えばいい。ケニスはもう何頭か獲ってるさ」

僕たちは、ケニスがあの丸太小屋でまだ暮らしているものとして話していた。

大地を這うようなユーコンの流れを越え、その支流に沿ってさらに北へ飛び続けていた。

「もうすぐだ……」

「そうだね……」

ドンも僕も考えていることは同じである。ケニスがまだ生きているかどうかの一点だった。川はうねるように蛇行し、セスナはその真中を突っきるように飛んでいた。たくさんのカリブーの足跡が川辺に沿って残されている。かなりの群れがすでに通り過ぎていた。ケニスが元気でいればきっと獲っただろう。

「あれだ！」

ドンが前方を見ながら呟いた。見渡す限りの原野に、ポッンと何かが見える。高度を落としながらまっすぐそれに向かってゆくと、懐かしいケニスの丸太小屋が見えてきた。煙突から煙が上がっていない。思いきり低空飛行しながら、小屋の真上を飛び過ぎる。そして再び旋回しながら、僕たちは何もしゃべらずに小屋を見つめていた。

人が出てくる。ケニスは生きていた。ドンはセスナをもう一度旋回させた後、水量の減った初冬の流れにフロートのついた機体を着水させた。

「何てことだ、人が訪ねてくるとは！　今日はついている」

土手を降りてくるケニスの第一声。僕たちが誰なのかを確かめるのでもなく、ケニスはただうれしそうだった。少し年をとったが、相手をじっと見つめる優しい目、くしゃくしゃになる笑顔、初めて会った頃と少しも変わらない。

ケニスは僕たちのことを果たして覚えているのだろうか。ドンも僕も、かつてこの川でケニスと会い、一緒に過ごしたことを説明した。ケニスは黙って何かを思い出そうとしていた。そして突然言った。

「シチャ。泊まっていけるか?」

懐かしい言葉だった。シチャ(sheecha)とは、アサバスカンインディアンの言葉で、〝友だち〟。

土手を刻んだ土の階段を昇ると、そこにケニスの家がある。小屋は昔のままで、土を被(かぶ)せた屋根からは雑草が生い茂っている。短い秋の日はすでに沈み、吐く息は白く、大気は冬の匂いがした。

薄暗い小屋の中に入ると、ホッとした。人の暮らしの匂いは気持ちを和(なご)ませる。ケニスはストーブに薪をくべ、湯を沸かし始めた。すべての作業が手際よく片腕で片づけられてゆく。丸太の壁には、銃、ナイフ、ランタン、ナベ、ハサミ、工具……。ありとあらゆるものが打ちつけられた釘にかかっていた。何でもないひとつひとつのものに、妙に存在感があった。それはきっとケニスにとって、何ひとつ無駄なものがなく、とても大切なものに違いないからだった。

「シチャ、クマに気をつけろ」

ケニスはろうそくに火をともしながら言った。一週間ほど前から、グリズリーが小屋のまわりをうろついているらしい。

「大きなクマだ。なぜ自分の小屋のまわりにずっといるのか、何を狙っているのかわからない」

ケニスは独り言のように呟いていた。ひどく怯えているようでもあった。しかしケニスは銃を持っている。なぜ一頭のクマをそんなに怖れるのだ。それは銃などでは解決できない、老いゆくケニスの持つ、漠然とした自然に対する怖れだったのかもしれない。

ケニスの話し方、考え方には独特のおかしさがあり、僕たちは笑いながらただ聞き入っているだけだった。何よりも魅きつけられるのは、ケニスの持つ他者に対する優しさと、厳しい生活の中でもひょうひょうと生きる天性のオプティミズムであった。

川を通り過ぎて行く何人もの人間に騙された話をクスクスと笑いながら語り、それでも自分の持つわずかなものさえ他人に与えてしまうくだりには、僕とドンは無言のうちに顔を見合わせていた。

ケニスの顔が曇ったのは、家族の話になった時だった。ある年の冬、村の近くで奥さんが凍死した。同じ年の夏、目の前の川で息子が溺れ死んだ。ケニスはため息をつき、しばらく考え込んでしまった。

寝袋にくるまりながら、僕たちは夜更けまで話し込んだ。闇の中で聞こえるのは、ストーブの薪がはじける音だけだった。小屋の中は暖かかった。こうやって今、ケニスと一緒に同じ夜を過ごしていることが嬉しかった。東京も日本も知らない、ケニスの中の世界地図が手に取るようにわかった。だからといって、それが小さな地図とは思えなかった。

寝る前にドンと二人で外へ小便に出た。青白いオーロラが帯のように舞っていた。長いアラスカの生活で、オーロラはもう珍しいものでもない。しかし今夜は少し違う。極北の不思議な光は、いつもより近く、さまざまなことを語りかけていた。それはきっと、ケニス・ヌコンという、一人の人間の暮らしが重なっているからだった。

三日間、僕たちはケニスが冬を越す準備を手伝った。

イタチが作った小屋のまわりの穴を土で埋め、すき間風を防いだ。土を川の土手から運び、それに水をかければ、コチンコチンに固まるのに時間はかからなかった。マイナス六十度まで下がるとケニスは言った。秋のうちにケニスが切った木を小屋の近くに積み上げた。しかし、この薪の量で冬を越すことはできない。冬がくる前に、ケニスはもっとたくさんの木を集めなければならなかった。

カリブーの群れは今年もこの土地を通り過ぎ、ケニスは四頭のカリブーを仕留めていた。川岸で解体したカリブーを、土手の上のスモークハウスまで運ばねばならなかった。僕には信じられなかった。このすべての作業を年老いたケニスが片腕でやってきたのか。

カリブーをやっと運び終えた時、僕はケニスに聞いた。

「ケニス、一人でいる時はどうやってカリブーをスモークハウスまで運び上げるの？」

ケニスはニコニコしながら答えたものだ。

「シチャ、少しずつ引きずっていくんだ。そうすると、いつの間にか土手の上まで動いているんだよ」

ケニスの村はここから二十マイル下流にある。が、ほとんど行くことがない。近代化の中で、村の生活は大きく変わりつつある。けれども、便利なもの、より楽な暮らしへの移行を、そこに生活することのない誰が批判できるだろう。僕たちは無意識のうちに、彼らの暮らしを古い博物館の中に閉じ込めようとする。しかし、時の流れの中で、人の暮らしもまた変わり続けてゆく。


村には福祉事業の一環として建てられたケニスの家もある。暖房、キッチン、水道、すべてが整っている、住む人だけを待つ家だった。十年近く前に建てられたその家に、ケニスはこれまでほとんど泊まったことがない。

「シチャ、家欲しいか。おまえにあげる」

それは冗談で言っているのではなかった。まったくケニスにかかると、国の福祉事業さえも茶化されてしまう。ケニスは村の人々が少しずつ駄目になってきていると言った。何かがおかしくなってきていると……。クスクス笑いながら話すケニスの言葉は重かった。

夜になるとケニスはハーモニカを吹いた。ふだん一、二本しか使わないろうそくを十本近くまで使い、小屋の中はクリスマスのようだった。ケニスにとって大切なろうそくだった。僕たちにできるだけ長くいて欲しいのだった。

寝る前に、ケニスはきちんと着替えて床に入る。不自由な片腕で脱いだ服をきれいにたたんでいるケニスを見ていると、原野の生活の中で律している、ケニスの持つ暮らしの精神のようなものを感じた。

巨大な油田開発とともに、アラスカ北極圏は大きく変わろうとしている。それはケニスが依存するカリブーの将来にどのような結果をもたらすのだろう。ケニスはそんなことを知る由(よし)もないまま、時代の渦に押し流されてゆくのだろうか。

楽しかった三日間が過ぎ、春までに必ず戻ってくることを約束して僕たちは飛び発った。川に沿って旋回しながら、もう一度ケニスの上を飛び、挨拶のしるしにウィングを上下に振った。ケニスは手を振って答えるわけでもなく、土手の上からじっと顔を見上げていた。僕たちが気まぐれで訪ねたことにより、ケニスはいっそう寂しくなるかもしれないと思った。土手の上のケニスはどんどん小さくなり、やがて原野の中に消えていった。

僕たちはしばらく何も話さなかった。ドンもまた、何かを考えているようだった。

より楽な生活に背を向け、不自由な片腕で少しずつカリブーを土手の上まで引き上げようとする、ケニスの持つ力とは何だろうと思った。

「いつかケニスがもっと歳をとって動けなくなったらどうなるんだろう」

「きっとあの場所で自然に死んでゆくんだろうな」

名もない極北の山々は、ここ数日間のうちにうっすらと新雪を被り、冬はもうすぐそこまできているようだった。

（一九九一年 三十九歳）

シシュマレフ村

アンカレジ空港の人混みの中、示し合わせたように視線が合った。一瞬、時間と風景が止まった。

「クリフォード！　シュアリィじゃないか！」

「ミチオ！」

抱き合いながら、何から話していいかわからなかった。

十九歳の時、僕はアラスカ北極圏のシシュマレフという村で、あるエスキモーの家族とともに、ひと夏を過ごした。本で見たこの村の写真に魅かれ、東京から出した宛(あ)て名もはっきりしない僕の手紙に返事をくれたのが、ウェイオワナ家のクリフォードと奥さんのシュアリィだったのである。

初めてのアラスカとの出会いだった。

そのシシュマレフ村の匂いを、今でも手にとるように思い出すことができる。アザラシ、セイウチ、カリブー……。さまざまな食べ物の匂いが混ざり合った懐かしい空気。

浜辺でアザラシの解体に励むウェイオワナ家のお婆さん、アルスィの姿が目に浮かんでくる。僕はどうしても手伝ってみたくて、ウル（伝統的な扇状のナイフ）を使って参加した。女たちが爆笑した。男のする仕事ではないと。

極北の川を上り、カリブーの狩猟に出かけた。北極海の海の冷たさを知った。原野を歩くグリズリーを見た。白夜の不思議な光を覚えている。……一九七一年の夏。

空港のバーに入る。会った時、クリフォードはすでに酔っていた。シュアリィが抱くように寄りそっている。あの頃から飲み過ぎることがあったが、少し悪くなっているのではないか。

「ティナ、大きくなったろう？」

僕が子守をしていた三歳の娘ティナは、もう二十歳に近いという。あの頃の話になり、僕たちはさまざまな思い出に笑い転げた。

「ミチオ、お前は何をしている?」

この十年、アラスカを旅しながら写真を撮っていることを話した。

「お前はおれの兄弟だからな」

さらにウイスキーを飲み続けるクリフォードはろれつがまわらなくなり、同じ言葉を何度も繰り返した。うれしく、また悲しかった。

僕は時々シュアリィを見た。彼女の目も何かを語っていた。クリフォードが眠り出してから聞いた。

「ずっとこんななの?」

「飲み始めると、どうしても駄目なの。一度、銃で自殺しようとしたこともある。でもずっと気をつけていたから大丈夫……」

フライトの時間が迫っていた。別れを告げなければならなかった。

「クリフォード、また会おう。シシュマレフ村にまた行くからね」

寝ているクリフォードを起こし、シュアリィと抱き合い、僕はバーを走り出た。

座席に着いても何か落ち着かない。もう少しゆっくり話したかった。いろいろなことがフラッシュバックしてくる。

十七年前、セイウチ猟の帰り、北極海の流氷に閉じ込められそうになったボートを巧みにリードしたクリフォードを、僕はなぜか思い出していた。

一九九〇年、秋。本当に久しぶりにシシュマレフ村にやってきた。ベーリング海に浮かぶ、懐かしい海岸エスキモーの村。自分とアラスカとの出会いはこの村から始まったのだから……。あれからもう二十年が過ぎようとしている。

「アルスィ、昔とちっとも変わらないじゃないか」

「何を言っている！　もうこんなに白髪が生えてしまったよ」

昔、僕のことをエスキモーボーイと呼んでいたウェイオワナ家の大好きなおばあさん、アルスィ。

十八年前、この村を去る時、アルスィはアザラシやクズリの毛皮で作ったエスキモーパーカを僕にくれた。それは自分にとって本当の宝物になった。匂いを嗅げば、いつもあの懐かしい夏とアルスィを想い出すことができた。

その後再びアラスカに戻ってからも、冬の旅は、いつもこのパーカが一緒だった。アザラシやクズリの暖かさと、アルスィの暖かさがあった。

しかし長い年月で、すっかりパーカはほころびていた。僕はどうしても修繕してほしく、シシュマレフ村に持ってきていたのである。

「アルスィ、これ直るかな？」

しばらくパーカのあちこちを触った後、アルスィは眼鏡をずらしながら言った。

「これはもうだめだよ。皮がすっかり古くなっている。新しいのを作らなければ……」

おじいさんのアレックスがそばで微笑んでいた。

うれしかったのはクリフォードが元気でいたこと。酒もあまり飲まなくなったという。アンカレジの空港で会った時の心配は、少し消えた。トナカイの放牧もうまくいっているらしい。

夜になり、奥さんのシュアリィが一通の古ぼけた封筒を持ってきた。

「ミチオ、これ覚えてる?」

変色した封筒を開け、信じられぬまま手紙を開いた。それは二十年近く前、自分がこの村に宛てた手紙だった。

「……僕は日本の学生でホシノ・ミチオといいます。本の中であなたの村の写真を見ました。村の生活にとても興味があります。訪ねたいと思っているのですが、誰も知りません。仕事は何でもしますから、どこかの家においてもらえないでしょうか。……返事を待ってます」

色あせた手紙の中に、すっかり忘れていた遠い昔の自分がいた。


十八歳の頃だった。北方の自然に憧れていた。シベリアでもアラスカでも、北海道でもよかったのかもしれない。子どもが夢を託すような、説明のつかない、漠然とした憧れだった。ある日、神田古本屋街の洋書専門店で見つけた一冊のアラスカの写真集。次のページの写真がめくる前にわかるほど、僕はこの本を読み尽くしてゆく。アラスカに関する情報がなかった当時、その本が、自分の夢と現実をつなぎとめていた。

その中に小さなエスキモーの村の空撮の写真があった。夕陽がベーリング海に沈もうとする、逆光のいい写真だった。僕はこの写真の持つ不思議な光線に魅かれていた。そして、どうしてこんな荒涼とした場所に人間の生活があるのかと、写真の持つ背景に心を奪われていった。
この村を訪ねてみたいと思った。写真のキャプションにShishmarefと書いてある。地図の中にその文字を見つけた。しかし訪ねようにも方法がわからない。手紙を書こうにも住所がわからない。辞書でmayorという単語を見つけた。〝代表者〟……きっと村長のような意味だ。これでいこう。

Mayor
Shishmaref
Alaska U.S.A.

それから半年がたち、何の返事もないまま、僕は手紙を出したことさえ忘れかけていた。ある日、家のポストに、外国郵便の封筒が落とされた。

Clifford Weyiouanna
Shishmaref
Alaska

遠いアラスカがすぐそこで、自分の憧れを受け止めていた。

そしてこの村で過ごした一九七一年の夏。

この旅は、僕にひとつのことを教えてくれた。それは、こんな地の果てと思っていた場所にも人の生活があるというあたり前のことだった。人の暮らし、生きる様の多様性に魅かれていった。どんな民族であれ、どれだけ異なる環境で暮らそうと、人間はある共通する一点で何も変わらない。それは、だれもがたった一度のかけがえのない一生を生きるということだ。世界はそのような無数の点で成りたっているということだ。シシュマレフ村でのひと夏は、時がたつにつれ、そんな思いを自分に抱かせた。

突然見せられた十八年前の手紙。それは未熟ではあるが、たまらなく懐かしい昔の自分と出会わせてくれた。

波が打ち寄せる浜に出た。あの夏、毎日夕暮れになると、三歳の孫娘ティナを連れて、この浜でベーリング海の波の音を聞いた。もう一度ここに帰ってこれるとは、思っていなかった。そのティナは今年でもう二十歳、あの頃の自分の年になっている。あんなに小さかったのに、今はシシュマレフ村の学校で子どもたちの給食を作りながら働いていた。

長い年月がたっていた。自分もさまざまな旅をした。そして今、アルスィやティナの住むこの同じアラスカに自分は根を下ろそうとしている。人の出会いの不思議さを思った。

なぜなら新しい一歩を踏み出そうとしている今、かつてアラスカの旅の一歩を踏み出したこの村に、自分は再び戻ってきているのだった。

十二月、アルスィの作ってくれる新しいパーカがフェアバンクスに届くことになっている。

(一九九一年　三十九歳)

家を建て、薪を集める

「ミチオ、私にだまされたと思って買いなさい。いい森だから！　そこに家を建てればいい」

友人のカレンから急用の電話が入ったのは、一九八九年の六月のことだった。カレン一家の住む、フェアバンクス郊外の森の一部が売りに出るという。早い話が彼女の土地の隣なのだ。以前、そんな話をカレンにしたことがあった。「いつか、アラスカに自分自身の家が欲しい」と。

しかし、急にそんなこと言われても資金などありはしない。

「ちょうど山の上だから土地は平らだし、とにかく眺めがいいの。タナナ川が見渡せるし、晴れた日はアラスカ山脈も見えるんだから。あのね、こんなチャンスはもうなかなか無いからね！」

カレンはほとんど僕を説得しにかかっていた。夫のマイクもできるなら買ったほうがいいと勧める。マイクは以前、グレイシャーベイ国立公園のレインジャーをしていて、十年前、僕がカヤックでそこを旅して以来の友人だ。奥さんのカレンは、日本文学で博士号をとり、今は宮沢賢治の研究をしている。二人とも、僕が隣に引っ越してくることを望んでいた。しかし、現実の話としてはやはり程遠い。それでも、ある夏の夕暮れ、僕はその森を見に出かけることにした。

シロトウヒ、アスペン、そしてシラカバの木が混じった、小高い丘の上の森だった。アラスカでは、この三種の木がそろった土地は良いとされている。例えば、クロトウヒだけの森は、その下に永久凍土が隠されている危険がある。そんな土地に家を建てたら、いつの日か傾いてしまうだろう。フェアバンクスは北緯六十五度。もう北極圏に近い。

黒々として、空に突きさすように立つシロトウヒの針葉樹が僕は好きだ。そこに、アスペンやシラカバが混じっていると何かホッとする。さらさらと風に揺れる葉音。女性的な木だが、秋の黄葉がすばらしい。

ハイブッシュクランベリーの灌木(かんぼく)を分け入ると、夏草の匂いがした。ヤナギランがピンクの花を咲かせている。

苔むした森のカーペットに、ゴゼンタチバナが白い花をいっぱいに広げている。

固くコロコロしたムースの冬の糞が落ちていた。水気のないヤナギの枝を食べなければならないからだろう。ムースがここまで出てくるのか……。きっと、隣のカレンの野菜畑にも入っているはずだ。夏に取り残した野菜を、ときどきムースが食べにくる、と言っていたっけ。

チチチチチ……、アカリスがトウヒの幹を駆けのぼり、枝の上から僕に向かって鋭い警戒音を発している。どうやら僕はここの侵入者らしい。〝この森に何をしにきた!〟とでも叫んでいるのか。

倒木の上に腰かけ、しばらくぼんやりしていると、何だかうれしくなってきた。まずいな。資金も無いというのに、一体何を考えているのだ。このうまく説明のできない気持ちが広がってくると、僕はいつも一気に走ってしまう。おまけに、夏の夕暮れの、ゆるやかな風が頬を撫(な)

でている。風の感触は、なぜか、移ろいゆく人の一生の不確かさをほのめかす。思いわずらうな、心のままに進め、と耳もとでささやくかのように……。

この十二年間、いつも旅をしていた。小屋を借りていたので、帰ってくるベースはあった。しかし、そうやってどれだけ長い時間をアラスカで過ごそうと、結局僕は旅行者だった。この土地にもっと根をおろしたいと思い始めたのは、もう二〜三年前からだったろうか。カレンからの電話は、ちょうどその思いが熟した頃に鳴ったのだろう。

夏の間、どこにいても、その森のことが頭の片隅にあった。二エーカー（約二千四百坪）、二万七千ドル（約三百五十万円）か……。土地だけは何とかなりそうだ。でも家を建てる資金はどうする？

七月、南西アラスカのミクフィック川にいた。アラスカ野生生物局でクマの調査をしている友人、ラリー・オーミュラーと一緒だった。ラリーもまた、二十年程前にアラスカにやって来て、そのまま住みついてしまった人間だ。アメリカ合衆国としてのアラスカの歴史はまだ新しい。この土地に生きる多くの人々が、ある時、何かを求めて、アラスカに渡ってきたのである。この旅で、ちょっとしたエピソードがあった。

ある日のこと、僕たちは川岸からクマの親子を観察していた。春に生まれた二頭の子グマを連れたグリズリーだった。産卵に上ってくるベニザケを、母グマが必死になって捕まえ、子グマに食べさせている。そのシーンは見ていて飽きることがなかった。ラリーはこの母グマをテディと呼んでいた。長い間このミクフィック川流域のクマの調査をしてきたラリーは、この土地の多くのクマの個体識別をすることができる。

実際、ラリーほど深くクマと関わった研究者を僕は知らない。約二十年、毎年夏になると、ミクフィック川流域のクマは一人の人間と出合い続けてきた。調査という一線を越え、彼と野生のクマとの間にはある種の感情が生まれているような気さえした。それはラリーの生物学者としての資質というより、彼の深い人間性に根ざしたものだった。その是非はともかく、僕はラリーを通して、種というものではくくりきれない、それぞれのクマがもつ多様な個性の存在を知った。

しばらくして、母グマは二頭の子グマを連れて少し離れた川岸に上がると、草を食べながらゆっくりこちらに向かってきた。僕らがここにいることを知っているはずである。

「もう動かないほうがいい。このままじっとしていよう」

ラリーが小声で言った。母グマは止まる様子もなく、どんどん近づいてくる。僕はどうしていいかわからず、次第に不安になってきた。

するとどうだろう、母グマは僕たちから六～七メートル離れた川岸にどっかり腰をおろしてしまった。そしてサケの群れを待つかのように川面(かわも)を見つめている。初め、子グマは心配そうにこちらをのぞいていたが、母親が落ち着いているので、すっかり安心したようだ。そしてしまいには、母親の背中に乗って遊びだしてしまった。僕たちはというと、同じように川岸に座って川面を見つめている。対岸から誰かが見れば、人間とグリズリーの親子が、並んで一緒に川岸に座っている風景なのだ。

ラリーは、テディがまだ子グマだった時代から見続けている。近過ぎる母グマの気配を感じながら、僕はそのことを考えていた。が、人間にとって、野生動物とは、遥かな彼岸に生きるもの。その間には、果てしない闇が広がっている。その闇を超えて、人間と野生のクマが触れ合う瞬間があるものだろうか。

五分もたったろう。浅瀬を上るサケの群れの音がした。母グマはすっと腰を上げ、早足で川に下りていった。

今でも、この時の不思議な時間のことを思い出す。あれは一体何だったのだろう。あの広い原野で、どうして僕たちの隣に座らなければならなかったのだろう。ただそれだけのことなのだが、テディという母グマが強い印象で残った。

秋になった。心にしみる、極北の紅葉。私たちが何かを決める時、人の言葉ではなく、その時見た空の青さとか、何の関わりもない風景に励まされたり、勇気を与えられることがあるような気がする。僕は結論を出していた。森を買ったのだ。

九月のある日、友人のジャックをこの森に連れてきた。ジャックはフェアバンクス・ナンバーワンの大工。これから二人で考え、デザインしながら、春までに家を建てるのだ。

「ミチオ、この森はいいなあ。丸太の家を建てる時、まわりの環境がとても大切なんだ。ここに家が建つことを、オレはもう頭の中で想像できる。この最初の印象、大事なんだよな」

僕たちは森の中を歩き回り、どこに家を建てるか、最低どれだけの木を切らなければならないのか、井戸をどこに掘るか……さまざまなことを話し合った。何よりも、家の場所を決めるのが難しかった。できるだけ木は切りたくない。どうしても倒さなければならない木に、断腸の思いで赤いテープを結んでゆく。そしてまた、井戸を掘ってもいい水脈に当たるだろうか。

初めての自分の家に、どうしても欲しいものが二つあった。それは、水とトイレだ。これまでアラスカで暮らしたいくつかの小屋は、どれも両方無かったのだ。水は遠くの湧き水からくんでこなければならなかったし、トイレはアウトハウスといって、外の地面にただ掘った穴なのである。アラスカの生活では、それは決して珍しいことではない。けれども、僕は普通の暮らしがしたかった。長い撮影、キャンプ生活から帰って、ゆっくり体を休める家が欲しかった。

家を建てる資金は銀行から借りられることになる。一千万円の借金か。なるべく早く返せたらいいのだが……。

工事が始まり、しばらくして根雪が降った。厳冬期に入る前に丸太の外枠がすべて組まれ、中に簡易ストーブを入れた。冬の朝、半分出来あがった家のまわりを、子どもを連れたムースの足跡が一周していた。マイナス五十度の日々が続き、年が暮れていった。

一九九〇年五月。

アスペンやシラカバがいっせいに芽吹き、フェアバンクスは早春の淡いグリーンに染まっている。紅葉も同じだが、新緑のピークはたった一日だと思う。その翌日には、もう夏の緑に向かっている。

「オーイ、ジャック。太陽の光線が本当に部屋をつきぬけてくるぞ！」

二階から、外で丸太の切れ端を整理しているジャックに向かって叫んだ。

「それはそうだ、そういうふうに設計したんだから！　木が少し余ってるから、これを利用して表札を作ったらいいぞ」

笑いながらジャックが答えた。

家が出来あがったのだ。最初にデザインした時、とにかく太陽光線がいっぱい入る家にしようと話し合った。アラスカの冬の寒さはハンパではない。そこで、出来るだけ家の中の熱を逃がさないように、どうしても窓を小さく作ってしまう。アラスカの丸太の家は、暖かいが暗いという印象が強い。僕はどうしても明るい家にしたかった。幸い、土地は南の斜面に位置している。日照時間の短い冬、わずかな陽差しを少しも無駄にしたくなかったのだ。

井戸も、六十メートル掘って、いい水脈に当たった。

隣のカレン一家が、犬まで引き連れて家を見にやってくる。カレンもマイクも、終始、笑みを浮かべている。まったく二人の思い通りになったというわけだ。そもそも、去年のカレンの電話が発端（ほったん）なのである。けれども、親しい友人が隣人というのはいいものだ。

「ミチオ、おまえは夏の間あちこち写真を撮りに行ってしまうんだから、一体どのくらいこの家で過ごせるんだろうなあ」

マイクが家の中を歩きながら言った。

本当にそうなのだ。僕は夏の間のほとんどを、テントをかついで旅をしている。フェアバンクスにただ帰ってくるベースとしてなら、これまで暮らしてきた借家の丸太小屋で充分だったかもしれない。でも、数年前から、自分の中で何かが変わってきた。

僕がアラスカに魅かれ続けるのは、自然だけではなく、この土地に生きる人々がいるからだろう。アラスカを旅しながら、いつもそこに、自然と向きあい、今日を生きる人々の暮らしがあった。さまざまな人と出合いながら、僕はいつも旅人だった。

たとえば、ドン・ウィリアムスという友人がいる。若い頃、アラスカの原野の暮らしに入り、やがてエスキモーの女性と結婚し、今はアンブラーという北極圏の村に家族と共に住んでいる。ドンのまわりを、同じような暮らしに憧れてやってくる、多くの若者が通り過ぎていった。彼らの大半は、ある年数がたてば、その経験に満足するか挫折して、また南へ帰ってゆく。アラスカという土地は、来る者を拒まないかわりに、自然がその代償を求めてゆく。ドンには、彼らのようにもう帰る場所がなかった。この土地で生きてゆくことを決めたのだ。さまざまなしがらみに捕らわれながらも、そこに生きてゆこうとするドンに、僕は何か魅かれていた。

森の中に自分の足で踏み入れれば、その湿り気を感じることができる。でも森のまわりを何度回ったところで、その形しかわからない。僕は旅行者であることに、ある疲れと物足りなさを感じ始めていた。

六月の末、軒下にスズメバチの巣を見つける。

七月になり、ミクフィック川流域に再びクマの撮影に出かけた。去年と同じように、アラスカ野生生物局のラリー・オーミュラーが一緒だった。この土地に家をもち、定住生活が始まり、またいつものように夏の撮影もスタートした。

ある日のこと、丘の上に二頭の子連れのクマが現れ、まっすぐこちらに向かってくる。僕たちに気付いた様子がない。二十メートル程まで近づくと、気配を感じたか、草むらの中から三頭が並んで立ち上がった。子グマは今年生まれた子どもではない。

「あれ、テディだよ」

ラリーがささやいた。三頭は、立ち上がりながらじっとこちらを見つめている。母グマの背に乗るのが好きだったあの子グマは、こんなに大きくなったのだ。去年の不思議な出来事が思いだされた。

一年を経て、同じ親子グマに再び出合う。彼らが過ごした一年と、自分が過ごしたこの一年が重なった。長い冬の日々、ストーブの火をおこし、本を読み、スキーで森を歩き、また、オーロラを見上げていたその時、どこかの山の塒で、この三頭のクマはひっそりと同じ冬を越していた。あたりまえのことなのに、初めて気付いたような思いがした。すべてのものに、平等に、同じ時が流れている。こんなふうに感じるのはなぜだろう。

この土地に暮らそうと思い始めてから、まわりの風景が少し変わってきたように感じる。春に南から飛んでくる渡り鳥にも、足もとの花やまわりの木々に対しても、やはり同じような思いをもつ。それを簡単に言えば、何か、とても近いのだ。それはまた、生命あるものだけでなく、この土地の山や川、吹く風さえも自分と親しいつながりをもちはじめている。初めてアラスカにやってきた頃、あれほど高くそびえて見えたマッキンレー山も、今は何か穏やかだ。

その近さはまた、今という時間の座標軸にとどまらず、遠い過去の時間へも延びてゆく。ゴールドラッシュの夢に憑かれ、この北の果てにやってきたさまざまな人々。あるいはもっと昔、まだ薄明のアラスカに、北へ北へと船を進めた、ベーリングやクックらの北極探検史上の人々……それらの無数の人々がこのアラスカの自然と関わりながら、夢破れ、挫折し、また進んできた。そしてこの土地にずっと生きてきたエスキモーやアサバスカンインディアン……。いや彼らさえもはるか昔、最後の氷河期で干上がったベーリング海を渡ってこの土地にやってきた。……それらの過去の出来事に以前にも増して興味をもつようになった。その切れ目のないつながりの果てに、今、自分がアラスカで呼吸している。誰もいない原野で、森で、川や谷で、その気配を感じることができるような気がした。

ずっと続いている。歴史を思うとは、本当はそういうことなのだろう。

この夏、南東アラスカのグレイシャーベイを十年ぶりにカヤックで旅した。そこは、たくさんの氷河がフェアウェザー山脈から直接海に流れ込んでいる地域である。多くの氷河が急速に後退し、その後に露出する荒れ果てた土地には、確実に植物遷移の最初の兆候が見られた。気の遠くなるような時間をかけながら、いくつもの植物の世代が交代し、いつかここにも森が出現する。そして同時にもっと長い地球的な時間をかけながら、陸地は少しずつ狭まっている。

僕たちは今、海が満ちてゆく時代に生きているからだ。

ある日のこと、グレイシャーベイの海岸に、幽霊のように立ち並ぶ白い樹木のあとを見た。まるでこの世界に場違いのように、忽然とそこに立ちつくしている。近づくと、それは化石化した大昔の樹木だった。最後の氷河期に覆われる以前、ここは森だったのだろう。一万年以上も前のことだ。その森はやがて氷河に埋まり、再び氷河が退いてゆく中で姿を現したのだ。その幹に手を触れていると、はるか昔、洪積世[1]の氷河の足音が聞こえてくるような気がした。

思いが過去の時間に延びてゆくのは、この土地に生きてきた人々の歴史だけでなく、無機質な地球の営みさえも同じだった。やはり、綿々とつながり、今、自分がこの土地に立っている、そしてその今さえも、ゆっくりと動き続けている。十年前にこの土地を旅した時は、こんなふうには感じなかった。

いつしか、自分にとってアラスカという土地のもつ特殊性が薄れ、この土地に暮らし、関わってゆくのだと決めた事実の方が、より意味をもつようになってきた。アラスカであれアフリカであれ、また都市であろうと田舎であろうと、それはきっと同じなのではないだろうか。その土地に根を下ろしてゆこうとするならば、そこがどんな場所であろうと、きっと違う風景が見えてくるに違いない。

今年もまた、カリブーの秋の季節移動が始まった。冬を過ごす南の森林地帯へ向かう、何万頭というカリブーの群れを見る。それはこれまで、野生動物の壮大なシーンでしかなかった。ある意味において、それは映画を見ているようなものだったのかもしれない。でも、今は少し違う。自分自身の短い一生と、カリブーの旅が、どこかで触れ合っている。そして、そこから見えてくるものを大切にしてゆきたいと思う。

九月のある日、初雪が降る。夜になり、ストーブに初めて薪を入れた。新しい煙突から、最初の煙がゆらゆらと昇ってゆく。ここがこれからの自分のベースになってゆくのだなと思う。

フェアバンクス市から封筒が届いた。何かと思って開けてみると、固定資産税の請求書である。そうか、すっかり忘れていた。これからはアラスカで税金を払っていかねばならないのだ。

十月に入り、気温がどんどん下がってくる。根雪が降るまでもうすぐだ。次の撮影に出るまでに、すっかり冬仕度を終えなければならない。

井戸から引く水を凍らせないための電気をチェックする。窓枠にピッタリとテープを貼り、外からの冷気を遮断する。マイナス五十度の寒気は、ほんのわずかなすき間からさえ入り込んでくる。

カヤックを丁寧にたたみ直し、家の中にしまう。外に出していたら、寒気はカヤックのカバーを石のように凍らせ亀裂を入れてしまうだろう。凍らせてはならないすべてのものを家に入れる。

ひと冬を過ごす薪を、家のわきに積まなければならない。余った木をチェーンソーで切り、斧で薪を割ってゆく。

トントントントントン……、何の音だろうと思い、その方向に歩いてゆくと、キツツキが古いシラカバの幹を突ついていた。

アカリスが矢のように僕の足もとを通り過ぎると、突然立ち止まり、少し考えこんでから、近くのトウヒの幹に駆けのぼった。チチチチチ……何を伝えようとしているのだ。それは初めてこの森にやってきた日の夕暮れ、トウヒの枝から僕に向かって鳴いた同じアカリスに違いない。

これから長い冬が始まる。

（一九九〇年 三十八歳）

トーテムポールを捜して

北アメリカとユーラシアが陸続きだった約一万八千年前、干上がったベーリング海を渡り、インディアンの祖先の最初の人々が北方アジアからアラスカにやって来た。最後の氷河期がやっと終わろうとする頃である。悠久な時の流れと共に、彼らは北アメリカ大陸をゆっくりと南下しながら広がってゆくが、その中に南東アラスカの海岸にとどまった人々がいた。後にトーテムポールの文化を築きあげた、クリンギット族とハイダ族である。

ハクトウワシ、ワタリガラス、クジラ、ハイイログマ……トーテムポールに刻まれた不思議な模様は、遠い彼らの祖先と伝説の記憶である。が、それは後世まで残る石の文化ではなく、歳月の中で消えてゆく木の文化であった。

二十一世紀に入ろうとする現代に、どこかの森で、ひっそりと眠るように残る古いトーテムポールを見ることができないだろうか。新しく観光用に作られたものでも、博物館に陳列されているものでもない、森の中に倒れていても、朽ち果てていてもいいから、彼らの神話の時代に生きたトーテムポールに触れてみたい。アラスカの森を旅しながら、ここ何年かその想いがずっと募(つの)っていた。

誰に聞いても一笑に付されてきた。南東アラスカの森の伐採にたずさわる人々を訪ねたこともあった。

「森の中で古いトーテムポールを見たことがないでしょうか。どんなに朽ちていてもいいのですが……」

「今どきそんなものが残っているわきゃないさ。時代が違うんだ。百年前に生まれなきゃな」

今のインディアンの村に行けば、飾りもののようなトーテムポールを見ることはできる。だが、人々の暮らしはあまりに変わってしまった。たとえ形は同じでも、トーテムポールは何も語りかけてはこない。それを刻んだ人々の心の中で、ものがたりが消えてしまっているからだ。クジラもクマもワシも、ずっと遠くへ行ってしまったのだ。

去年の夏、信じられぬ話が耳に入った。

アラスカとカナダの国境近くの海に、クイーンシャーロット島という孤島がある。そこに昔のトーテムポールがまだ残っているというのだ。十九世紀終わり頃、ヨーロッパ人がもちはこんだ天然痘[1]がこの島の村々を襲い、当時暮らしていた六千人のハイダ族の七割が死んだ。そして生き残った人々も村を捨てて別の場所に移り住んでいったのである。

二十世紀になり、強国の博物館が世界中の歴史的な美術品の収集にのりだす時代が来る。クイーンシャーロット島もその例外ではなかった。多くのトーテムポールが持ち去られ始めるが、生き残ったハイダ族の子孫も次第に立ち上がってゆく。彼らはその神聖な場所を朽ち果ててゆくままにさせておきたいとし、人類史にとって貴重なトーテムポールを何とか保存してゆこうとする外部からの圧力さえかたくなに拒否していった。

そして、百年前のハイダ族の村がそのまま残っている……。

その日、クイーンシャーロット島の海は荒れ、小さなゴムボートは木の葉のように揺られていた。多くの島々からなるクイーンシャーロットは、どの島も水際まで深い森が押し寄せ、自然は人々がトーテムポールと共に生きていた時代と何も変わってはいない。どんよりとした空、降りしきる雨、生きもののように姿を変えながら木々を伝う霧……あいにくの天気はさらにぼくの気持ちをタイムトリップさせていた。

波が砕け散る海岸線の岩場に、見落としてしまいそうな入口があった。びっしりと浮かぶ海藻がモーターにからみつくため、エンジンを切り、あとは手漕ぎだった。門のように突き出た岩場を抜け、入り江の中に入ってゆくと、うそのような静けさとなった。

猫の額(ひたい)ほどの浜辺の奥に、うっそうと生い茂る木々とは違う裸の大木が一列に並んでいた。長い間想い続けた、歳月に風化したトーテムポールだった。人々の夢、喜び、悲しみ、怒りを、時の流れの中に押し包んだまま、シーンとした浜辺に今なお立ち続けている。太平洋の荒波がかすかに聞こえていた。

最後のひと漕ぎをすると、ボートは小さな波に乗って砂地にのり上げた。雨は小降りになっていた。はやる気持ちをおさえ、砂浜から土手にのぼり、トーテムポールに近づいていった。

多くのポールはすでに傾き、いくつかは地面に横たわっていた。苔むし、植物さえ生えるトーテムポールから、消えようとする模様が何かを語りかけていた。クマの両手に抱かれた人間の子ども、クジラのヒレの間から顔を出すカエル、村を見守るかのように最上部に刻まれたハクトウワシ……。

やがて一本のポールの前に来て、ぼくは立ち尽くしてしまった。そびゆるトーテムポールのてっぺんから大木が生え、その根がポールを伝って地面まで伸びてきているのである。上部の形から、それは人を葬(ほうむ)ったトーテムポールであることは明らかだった。かつてハイダ族は、トーテムポールの上をくり抜いて人を埋葬していたのである。ある日、その上に偶然落ちたトウヒの種子が、人間の体の栄養を吸収しながら根づき、歳月の中でトーテムポールを養木として生長したのだろう。

草むらに分け入ると、さらに驚くことが待っていた。早春の草の中に生まれて間もないオジロジカの子がうずくまっているのである。しばらく離れていると、森の中から母ジカが現れた。シカはゆっくりと草を食べながらトーテムポールの間を移動し、その背後にある大きく落ちくぼんだ草地に入っていった。その十メートル四方の深いくぼ地の上を、四本の苔むした丸太がまるで天井のようにかかり、その下でシカはのんびりと草を食べている。ぼくはその風景に釘付けとなった。そこはかつてのハイダ族の住居跡だったのだ。人間が消え去り、自然が少しずつ、そして確実にその場所を取り戻してゆく。悲しいというのではない。ただ、「ああ、そうなのか」という、ひれ伏すような感慨があった。

雨はすっかり上がり、陽が射してきた。海辺の岩場に座ると、海面は夕暮れの陽光にキラキラと輝いていた。ぼくが腰かけた場所は、背もたれのあるとても座り心地のいい岩だった。その時、ほとんど確信に近い想像が満ちてきた。それは、遥かな昔、この岩に誰かが座り、こんなふうに夕暮れの海を見ていたに違いないということだった。

泣きじゃくる赤子を抱えた女があやしながら歩いている、漁から帰った男たちがカヌーを砂地に引き揚げている、若い男と女が戯れながらこの岩場に向かってやって来る……そんな風景が次から次へと頭の中に現れては消えていった。

この島に人が住んでいた形跡は七千年前までさかのぼるという。そして神話の時代を生きた最後のトーテムポールは、あと五十年もたてば森の中に跡形もなく消えてゆくだろう。そこに刻まれた、どこまでが人間の話なのか、動物の話なのかわからないさまざまな夢のような民話は、彼らが自然との関わりの中で本能的に作りあげた、生き続けてゆく知恵だったのかもしれない。それは同時に、私たちが失った力でもある。

人間の歴史は、ブレーキのないまま、ゴールの見えない霧の中を走り続けている。だが、もし人間がこれからも存在し続けてゆこうとするのなら、もう一度、そして命がけで、ぼくたちの神話をつくらなければならない時が来るかもしれない。

不意にどこからか木をたたく音が聞こえてきた。トン、トン、トン……が、あたりを見まわしても誰もいない。ふと見上げると、トーテムポールに一羽のキツツキが止まり、風化したハイイログマの顔をたたいている。いつのまにか森の中から別のオジロジカが現れ、トーテムポールの間をさまよっている。神話は突然息を吹きかえし、この世界の創造主、ワタリガラスの苔むした顔がじっとぼくを見下ろしていた。

（一九九三年　四十一歳）

ワタリガラスの家系（クラン）の男

Remember that the air shares its spirits
with all the life it supports.
The wind that gave our grandfather
his first breath also receives his last sigh.

——Chief Seattle——

大気はそれが育むあらゆる生命とその霊を共有していることを忘れないで欲しい。
我々の祖父たちの最初の息を与えた風はまた彼の最期の息を受け取る。

——シアトルの酋長——

一人の不思議なインディアンに出合ったのは、雨の多いこの土地では珍しく晴れ上がった、四月のある日の午後だった。それが偶然なのか、何かが導いてくれたものなのか、今でもふと考えてしまう。

その頃、ぼくはずっとワタリガラスのことを考えていた。そしてあの男は、初めて会ったぼくに、それも最初の言葉としてなぜあんなことを言ったのだろう。ワタリガラスの神話を求め、これから始まろうとする雲をつかむような一年間の旅の、それは最初の日であった。

その日、ぼくは南東アラスカの港町シトカにやって来た。敬愛する友人の作家、リチャード・ネルソンに会うためだった。彼のことはいつか改めて書くことになるが、リチャードのもつ自然観に自分自身の思いと重なるものをずっと感じていた。この作家の著作のテーマはアラスカ先住民の世界であり、言い換えれば、狩猟民のもつ自然と人間との関わりである。

シトカに着いたぼくは、リチャードの車で、五分もすれば走り抜けてしまうような小さな町中を走っていた。シトカは、一八〇八年から五十九年間、ロシア領アラスカの首都として栄えた由緒ある古都。当時北米西海岸で最も早く開けた港町で、〝太平洋のパリ〟と称(たた)えられていた。今でこそその栄華は消え失せたが、氷河を抱いた山々、深い森、そして無数の島々に囲まれ、絶えず雨に煙る夢のように美しい町である。そしてここは、かつてトーテムポールの文化を築き上げたインディアン、クリンギット族、ハイダ族の世界でもあった。

リチャードは、通りを歩いている知人を見つけたのか、しばらく考えあぐねてからぼくに言った。

「ミチオ、面白い男に会いたいか？」

彼の咄嗟の直感を自分は今どんなに感謝しているだろう。リチャードの〝面白い〟という言い方にはどこか尊敬の気持ちが込められていた。

車をUターンさせ、町中に戻ってゆくと、その男は通りの角を曲がるところだった。歩き方がどこか可笑しく、ふわふわと酔っ払っているようでもあり、何か別の世界に生きながら、どんどんと歩いているようでもあった。

「ボブ！」

と、リチャードが叫んでも聞こえていないらしい。私たちが小走りで近づいてゆくと、その男はやっと立ち止まった。

「ボブ、久しぶりだな、元気かい？　紹介したい友人がいるんだ」

そしてそのインディアンは表情を何ひとつ変えず、じっとぼくの顔を見つめながらこう言ったのだ。

「昨日、墓場でワタリガラスの巣を見つけたよ……」

それがボブ・サムとの出合いだった。


ぼくは信じられぬまま、型通りのあいさつを交わした後、恐る恐るたずねてみた。

「そのワタリガラスの巣を見せてもらえないだろうか？」

彼はぼくから目を離さず、少し考えてからボソッと言った。

「ああ、いいさ、明日、この場所で会おう」

ぼくは微笑だにしないこの男に不思議に温かいものを感じていた。ボブは何か見えないものに向かっているように再び歩き出していた。暗闇の中を進むようなこの旅に、かすかな光が射し込んでいた。

ワタリガラスの神話……そのことが気にかかるようになったのはいつの頃からだろう。クリンギット族、ハイダ族にとどまらず、アサバスカンインディアン、そしてエスキモーに至るまで、なぜワタリガラスが人々の創世神話の主人公なのか。この世に光をもたらし、人間を造ったというワタリガラスとは、人々の心の中で一体何者なのか。ぼくは長い間不思議でならなかった。つまり、かつて人々はどんな目で世界を見ていたのかを知りたかったのである。

そして南東アラスカを旅するようになったここ数年、その想いがことに募(つの)ってきた。この土地はカナダのブリティッシュコロンビアへと続く、原生森林と氷河に覆われた奥深い自然である。日本からアリューシャン列島を通って弧を描くように流れてくる黒潮が、湿った大気をこの海岸山脈にぶつからせ、大量の雨と雪を降らせるのだ。無数の島がちりばめられた海岸線は、夏になればたくさんのザトウクジラも採食のために帰ってくる豊かな海である。ぼくが南東アラスカの自然に強く魅きつけられ始めたのは、その美しさだけでなく、この土地が内包する太古の気配を感じていたからだろう。そしてその気配とは、かつてワタリガラスの神話に生きていた人々の視線である。

とりわけ、数年前、クイーンシャーロット島を訪れてからはその想いが強くなった。そこでぼくは人々が神話の時代、生きていた頃の朽ち果てたトーテムポールに出合ったのだ。人里離れた小さな入江に、苔むしたトーテムポールはひっそりと眠っていた。それは博物館に美しく保存され、魔法を失ったトーテムポールとは違っていた。人々が去ってから百年以上もたっているというのに、ぼくはその場所に霊的な力を感じたのだ。人間は自分たちの風景と深く関わりをもって生き、神話はそれを取りまく環境が大きな影響を及ぼしているからだ。

ぼくは、深い森と氷河に覆われた太古の昔と何も変わらぬこの世界を、神話の時代に生きた人々と同じ視線で旅をしてみたかった。この世の創造主であるというワタリガラスの神話の世界に近づいてみたかった。それとも、自分の心はそれができないほど現代文明の固い皮膜に包まれているのだろうか。

翌日、待ち合わせの場所にボブは現れなかった。ぼくはリチャードに言われたことを思い出していた。

「来るかどうかわからないけど。悪気はないんだが、おれたちと違う時間の中で生きているというか、忘れてしまうんだ。そしてこんな小さな町だけど、ボブは捜そうとするとなかなか見つからない。昨日通りで見かけたのも本当に久しぶりだった。ゴースト（幽霊）みたいなやつだからな」

が、その日の夕方、ぼくはボブと何とか連絡がとれ、もう一度同じ町角で待ち合わせをした。今度は大丈夫だろうと思った。待っている間、リチャードが話してくれたボブの物語を思い出していた。

シトカに生まれたボブは、多くのアラスカ先住民の若者がそうであるように、新しい時代の中で行き場を失い、酒におぼれながらアラスカ中を転々としていたという。しかし、十年ほど前にこの町に戻ってきたボブは、誰に頼まれたわけでもないのに町外れの森にある古いロシア人墓地の掃除を始めてゆく。誰も目を向けなかったこの墓地は、長い歳月の中で足の踏み場もないほどすっかり荒れ果てていた。ボブは十年という月日をかけて、たった一人で黙々と草や木々を取り払っていった。ボブはその時間の中でいつしか遠い祖先と言葉を交わし始め、少しずつ癒されていったのだ。その場所は、十九世紀の初めにロシア人がやって来る以前、クリンギット族の古い神聖な墓場だったのである。

ボブは約束の時間に現れ、私たちは町外れの墓地に向かって歩いていた。ワタリガラスの巣を見つけたことをボブはとても喜んでいた。どこにでもいる鳥なのに、なぜかワタリガラスの巣だけはぼくも見たことがなかった。それもクリンギット族の祖先が眠る墓地の中で見つけたとは……。

「ボブのクラン（家系）は何だい？」

「ワタリガラスだ」

ああ、やっぱりとぼくは思った。

トーテムポールをつくったインディアンは、それぞれの家系の始まりは動物が化身したものと信じていたのである。クマ、ハクトウワシ、クジラ、サケ……さまざまな生き物たちは、今日でもクリンギット族やハイダ族の社会を構成する母体になっている。

墓地に足を踏み入れると、バサッ、バサッと翼を羽ばたかせながら一羽のハクトウワシが森の中から飛び去っていった。

「あれだよ」

とボブが指さす樹上に、隠れるようにワタリガラスの巣があった。しばらく待ってみたが、ワタリガラスの姿は見えなかった。

「いつ頃からクリンギット族のお墓はここにあったの?」

「……はっきりはわからないが、少なくとも千年ぐらい前からかな」

ボブは多くのことはしゃべらなかったが、その寡黙さは一緒にいて何も苦にならなかった。むしろ自分の気持ちが透明になってゆくような安らぎさえ感じていた。ぼくはボブの心の中をインタビューする気などなかったが、何げない会話を通していくつかのことを知った。この十数年の間、ボブの世界はこの墓地の中にしかなかったこと、いつしかシャーマンだったおじいさんのことをしきりに思い出すようになったこと……。

これまで南東アラスカを旅しながら、自分たちの文化を保存してゆこうとする多くのクリンギット族の若者たちに出合った。彼らは古い民族衣装をまとい、伝統的な踊りを舞っていた。それはそれで大切なことだった。が、彼らの中に、ボブがもっているようなスピリチュアルな何かを感じたことがなかった。ぼくは少しずつこの男に魅かれていった。

シトカの町でボブは不思議な存在だった。ボブのことを知らない者はいなかった。決して身ぎれいとは言えず、変人扱いされてもおかしくないボブを、この町で出合った誰もが、

「ああ、ボブのことか、知っているさ」

と微笑をもって語っていた。

そしてボブと一緒に歩いていると、通りで遊んでいる子どもたちまでもが、「今日は、ボブ!」と呼びかけてくるのだった。

ぼくは不思議な気持ちにとらわれていた。十年という長い歳月をかけ、毎日たった一人で墓場を掃除することで癒されていったボブの存在が、実は町の人々の心を癒してきたのではないか。

ある夜、ボブと話をしている時、ふとすばらしい考えが浮かんだ。ぼくはこの海をずっと南

下したカナダ側に浮かぶクイーンシャーロット島をもう一度訪れようとしていた。人里離れ、今なお神話の生きたトーテムポールが立つ、あの不思議な力をもった小さな入り江。そこへボブと一緒に旅ができないかと思ったのだ。

ぼくは逸（はや）る気持ちを抑えながら聞いた。

「ボブ、クイーンシャーロット島って知っているだろう。そこへ古いトーテムポールを見に行かないか？」

ボブはいつものようにぼくの目をじっと見つめ、静かな口調で言った。

「ああ、一緒に行こう。ずっと訪れてみたい場所だった」

ボブの背後にワタリガラスがいた。

（一九九五年　四十三歳）

一万本の煙の谷

　丘を登りきると、〈一万本の煙の谷〉（Valley of Ten Thousands of Smoke）の全容があらわれてきた。雲間から夕陽が射し込み、荒涼とした壮大な谷を不可思議な黄土色に照らしだしている。何と人間を拒絶した風景だろう。動いているのは刻々と移り変わる光と影だけで、生き物の気配がまったくない。幾条にも走る深い峡谷（きょうこく）はすでに影の中に沈み、月のような世界に一層不気味さを漂わせていた。

　遠い昔、そしてその日まで、この谷が緑の森で覆われていたことがどうしても想像出来ない。自然が秘めた人智の及ばぬ力。コツコツと積み上げてきたものを一切無に帰してしまう気まぐれな意思。自然とはそれ自身何の意味さえもたないものなのだろうか。彼方にそびゆるカトマイ山が何食わぬ顔で白い煙をあげている。

見晴らしのいい崖っぷちの草むらにテントを張っていると、何かふつふつといとおしい想いがこみあげてくる。二十年前、友人のTも、こんなふうにテントをたてながら最後の夜を迎えたのだろうか。火山灰の大地に腰をおろし、暮れなずむ谷を眺めていると、遠い夏の日が昨日のことのようによみがえってきた。が、苦い記憶も、歳月という万華鏡の中でいつしか懐しい思い出に変わっている。少し風がでてきた。もうすぐカトマイ山の肩に陽が落ちる。

カトマイ・ナショナル・モニュメントは、アラスカ南西部に位置する広大な国立公園である。無数の湖が点在し、夏には産卵のため川を遡上（そじょう）してくるサケの世界最大の宝庫だろう。クマの撮影のために何度もこの土地を訪れてはいるが、さらに奥の〈一万本の煙の谷〉に入るのは初めてだった。かつてはこのカトマイ山周辺にいくつかの村があったが、今はもうあとかたもない。日本からアリューシャン列島へと続く環太平洋火山帯はここまでのび、緑の谷も、人々の暮らしも、その力の下に消えていったのである。

カトマイ村のエスキモーの人々が最初の地震を感じたのは、一九一二年六月一日のことだった。大地の揺れは日ごとに強くなり、次第に恐怖にかられた人々は海岸地帯へ逃げ始め、六月六日の朝までに村は無人と化した。カトマイ山（二〇四七メートル）はこの付近で最も標高の高い山だが、幾重にも連なる山に隠れて村からは北西の空にわずかにそのピークが見えるだけである。そのためか村人たちにとっては気にもとめない山で、彼らの伝説にもかつてこの山が噴火したという話は何も残されていない。

サボノスキー村の村長、アメリカン・ピート（何とも可笑しな名前だが）はこの噴火を見た数少ない目撃者の一人である。ピートはカトマイ山の北東約二十九キロの原野へ仲間と共に狩猟に出かけていたのだが、たび重なる地震に驚き、狩猟キャンプをちょうど引きあげるところだった。山が動いたのはその日の正午頃である。

後にこの谷への探検隊を率いたグリッグスが、アメリカン・ピートから聞いた話の記録が残っている。

「カトマイ山がものすごい火を噴きだし爆発した。火は煙と一緒にどんどん山を下ってこちらに向かってくる。誰もがバイダルカ（動物の皮でつくったスキンボート）に乗って逃げた。急いで漕いだのでたった一日でナクネック湖に着いたが、あたりは真っ暗で何も見えなかった。熱い灰が降っていて地獄のようだった」
が、彼らは幸運であった。人々はバイダルカを漕ぎながらさらにナクネック川を下り、海岸線へと逃げることができたのだ。その日は強い南風が吹き、大量の噴火物は彼らとは別の方向へ運ばれていったのである。そしてこの爆発の大きさを考えると、死者がでなかったのも、それを見た者がほとんどいなかったのも、人気(ひとけ)のない広大なアラスカで起きたからだろう。火山灰は成層圏流にのってアフリカまで運ばれ、その年の平均気温を一・八度も下げ、北半球全体に冷夏をもたらすほどの大噴火だったのである。

それから三年後の一九一五年、火山灰に覆われ、すっかり変容したこの谷を最初に訪れるのはグリッグス探検隊である。植物学者であったグリッグスは、カトマイ山周辺がどのような状態であり、どれだけの植生が大地に戻ってきたかを調査するのが目的だったのだ。この旅を記録した古い一六ミリフィルムが今でも残されているが、彼らはすさまじい火山灰の中を、ほとんど腰まで埋まって泳ぎながら、少しずつこの谷に近づいてゆく。そして最後の丘を登って見たものは、無数の煙突のように噴きあがる蒸気で埋まった広大な谷だった。

〈一万本の煙の谷〉とは、その光景にうたれたグリッグスによって名付けられた。当時の写真で、隊員が地面にフライパンをのせて料理をしていたり、巨岩を両手で軽々と持ち上げているシーンがある。かつて深い緑に埋まっていたカトマイの谷の世界はたった一日で変わってしまったのだ。

そして半世紀以上の時が過ぎ、今、目の前に広がる〈一万本の煙の谷〉はすっかり冷えきっている。世紀末のような風景の中で、ただ風の音が聞こえるだけである。けれども、グリッグスが見た風景を、ぼくははっきりと想像することができる。平静をよそおうカトマイ山も、いつの日か再び動き出すのかもしれない。私たちが安心して立っている大地が、実はそうではないように。

突然Tのことを思い出したのは、二十年前のあの日以来、ぼくは火山というものに特別な想いを抱くようになったからだろう。自分自身もそこに属しているような、親しみと呼んでもいい感情だ。世界のどこかで火山が噴き上がるたび、ぼくはその音に耳をすませていた。

中学生の頃からの親友だったTとぼくは、いつもある共通の憧れを抱いていた。見知らぬ遥かな土地、そこに生きる私たちとは違う価値観をもった人々、人間の知恵をもってさえどうすることもできない自然の力……そんな世界をいつか見にゆくのだという漠然とした夢だった。中央アジアの探検家、ヘディン[1]、シプトン[2]、アルセーニエフ[3]……は私たちの憧れだった。とりわけその背後に広がる、砂漠や高山、そして果てしないタイガの広がりなど、自然の驚異に対する興味は尽きなかった。

私たちはやがて大学生となり、ぼくはアラスカへ、Tはフィリピンの山岳民族の世界へと入っていった。日々の暮らしに並行して潜(ひそ)む見えない何か、自分たちの存在を揺さぶるような確かなもの……そんなもうひとつの現実を求めていたのだろう。自然であれ、人間の暮らしであれ、私たちの姿を映しだしてくれる鏡を捜していたのかもしれない。それもドキドキとするようなはっきりとした鏡を……。

あの夏の日、信州の山に登っていたTは、頂上直下の自然に出来た岩穴で野営をするつもりでいた。しかし、かつてその岩小屋を利用した登山者が内部を汚していたのか、Tは予定を変え、テントを張りに頂上まで登ってゆく。少なくともそこまでは日記に書いてあった。

すでに予震は始まっていたのだろうか。とどろくような地底の声は聞こえていただろうか。異変を察した動物や鳥たちは不思議な行動をとったのだろうか。その夜、江戸時代からずっと眠り続けていたこの山が大噴火を起こすとは、一体誰が想像しただろう。

それにしてもTは何という時の迷路に入り込んでいったのだ。けれども、それは私たちがいつも語り合った世界ではなかったか。最期の時、あいつは振り返って目の前で噴き上がる火山をじっと眺めただろうか。Tは帰って来なかったが、あの時の不思議な気持ちは今でも覚えている。気がつくと、やり場のない悲しみをふっと忘れ、あの夜一体何を見たのかぼくはTに問い続けているのである。

最後の残照が、〈一万本の煙の谷〉を一瞬燃えるような色に変えると、ゆっくりと夜の闇が押し寄せ、風が強さを増してきた。

（一九九五年 四十三歳）

約束の川

いつか、いつか一緒に旅をしようと、ずっと語り続けてきた約束の川があった。ある時、ふと、残された時間の短さに気づかされた。私たちは昨年、その夢をかなえ、極北の川シーンジェックを下っていった。

シリア・ハンター（七十七歳）、そしてジニー・ウッド[1]（七十八歳）は、アラスカのパイオニアの時代を生きた女性だった。ぼくは二人が住む森の中の丸太小屋をたずね、この土地の古い物語に耳を傾ける時間が好きだった。シリアとジニーも、ずっと遅れてこの土地にやってきたぼくに、何かを託すように語り続けてくれた。年齢の差を超え、私たちが大切な友人同士だったのは、アラスカという土地を、同じ想いで見つめていたからだろう。

「いつか、アラスカ北極圏の川を一緒に下ることができたらいいね。千年も、二千年も前と何も変わらない極北の原野を、川の流れに身を任せながらゆっくりと旅をする……」

「太古の昔からずっと繰り返されてきたカリブーの季節移動や、オオカミに出会えるかしら……」

「素晴らしい川を見つけよう……そうしたら、行こうよ。いつか必ず出かけよう……」

会うたびに、そんな夢を語り始めてから、いったい何年が経っただろう。そしてシリアとジニーも、ゆっくりと年老いていった。私たちの約束の川は、具体化されなければならなかった。

「シーンジェック……はどうだろう。アラスカ北極圏を東西に横切るブルックス山脈から、南へと向かって流れ、ユーコンへ注ぎ込む川さ。昔からずっと憧れていた川なんだ」

ある日、消えかけた夢を呼び戻すように、ぼくは話してみた。もうすぐ八十に手が届こうとするシリアとジニーの顔が、遠い日の娘のように輝いた。

「大賛成！……シーンジェックにはいつか行ってみたいと思っていた。これまで沢山のアラスカの川を旅したけれど、なぜかあの川だけは下ったことがないの」

壮大なブルックス山脈の谷を、ゆるやかに流れるシーンジェックは、私たちにふさわしい川かもしれない。アラスカ北極圏へカリブーの撮影に向かう途中で、これまで何度もこの美しい谷の上を飛んでいて、キラキラと光る水の流れは、いつもぼくを魅きつけた。人の気配など何もない世界だが、そこは極北のインディアンが遠い昔からカリブーの狩猟に生きた土地である。一見未踏の原野に、実はたくさんの物語が満ち、シーンジェックは神秘的な谷だった。

ぼんやりとした、心の中の川は、はっきりと地図上に像を結んだ。大切な川が、熟した実が落ちるように決まったのだ。シーンジェックは、シリアとジニーにとって最後の川になるはずだった。アラスカのひとつの時代を、最もキラキラと輝いて駆け抜けた二人の女性の、最後の小さな冒険になるはずだった。

一九四六年が暮れようとする頃、フェアバンクスの人々は、連絡が途絶えた二機の小型飛行機を待ち続けていた。二人の女性が、アメリカ本土からアラスカを目指して飛んでくるのだ。しかし、飛び立ってからすでに二十七日間が過ぎていた。初めてアラスカと出会うこのフライトを、シリアはこんなふうに回想している。

「ものすごい寒さの冬だったの。マイナス五十度、いや、もっと下がった日がずっと続いていた。いろいろな場所に着陸しながら天気を待ち、少しずつ北に向かって飛び続けた。フェアバンクスに着いた日はブリザード（大吹雪）。どうしても町外れの小さな飛行場が見つからないの。そうしたらクリーマーズ農場の広いスペースが見えたから、そこに思いきって着陸しちゃったのよ。八インチも雪が積もってたけど、なんとかひっくり返らなかったわ。一九四七年の一月一日だった」

空を飛ぶことに憧れ、まだ未明のアラスカに冒険を求めてやってきた、若き日のシリアとジニー。彼女らがその後に辿（たど）った軌跡は、そのままこの土地の歴史でもあった。

アラスカ北極圏を飛びまわったブッシュパイロットの時代、二人は、今はもう消えてしまった古いエスキモーの暮らしを見続けた。そしてマッキンレー山の麓（ふもと）に建てた山小屋、キャンプ・デナリ。約二十年間運営されたこの小さな山小屋は、さまざまな人々の出会いの場所となってゆく。アラスカのナチュラルヒストリーにおける伝説的な動物学者、ミューリー兄弟、マッキンレー山全域の地図を作成した探検家、ブラッドフォード・ウォッシュバーン、極北の自然を描き続けた画家、ビル（ウィリアム）・ベリイ……。彼らはアラスカのもうひとつの歴史を作りあげていった人々であり、その輪の中心にいつもシリアとジニーがいた。

アメリカ最後のフロンティア、アラスカをめぐり、開発か自然保護かで揺れ動いた七〇年代、二人はその時代の渦の中に巻き込まれてゆく。さまざまな活動を経て、一九七六年、シリアはアメリカで最も権威のある自然保護団体、ウィルダネス・ソサエティの会長に女性として初めて就任し、アラスカからワシントンD.C.へと、中央の舞台に出ていった。この時代にシリアがアラスカの自然に果たした役割は大きい。

若き日の冒険を求め、アラスカへと飛び立ったシリアに、そんな時代が待っていようとは想像もできなかっただろう。彼女はよく言っていたものだ。

Life is what happens to you while you are making other plans.（人生とは、何かを計画している時に起きてしまう別の出来事のこと）と。

アメリカの環境保護運動の第一線から退き、アラスカに戻ってきたシリアは、若き日々を共に過ごしたジニーと一緒に、それからずっとフェアバンクスの古い丸太小屋で暮らしている。

今でも山に登り、クロスカントリースキーを楽しみ、マウンテンバイクに乗り、地元の新聞にコラムを書きながら、さまざまなミーティングにも顔を欠かさない。風のように自由な精神を持つシリアとジニーからぼくが受けたもの、それは、人生を肯定してゆこうとするエネルギーだった。

六月三十日、アラスカは初夏の季節。想い続けた夢がかなう日の朝は、どうして心がシーンと静まり返るのだろう。が、空港の裏手のフロンティア航空の古ぼけた事務所に着く頃には、何だか気持ちが高ぶってきた。シリアとジニーが山のような荷物を背負ってやってくる。私たちの共通の友人であるマイクもこの旅に参加することになった。小学校の先生だが、アラスカの川下りのエキスパートであり、心強い助っ人だ。そして誰もが遠足へ出かける子どものように、はしゃいでいる。

「とうとう実現したね！」

「オニギリをつくってきたから、ひとつあげるよ！」

「オーイ、ゴムボートを運ぶのを手伝ってくれ！」

「ミチオ、あなたが食事当番だったでしょ。献立はなあに？」

「えーと、写真係を決めようよ」

私たちは、十人乗りの飛行機で、極北のインディアンの村アークティックビレッジまで飛び、そこからセスナでシーンジェックの谷に入ることになっていた。早春の北極圏は、毎年違う川沿いの残雪や水位の状況でセスナがどこに着陸できるかもわからなかったが、誰もそんなことは心配していなかった。シリアもジニーも、何が待っているかわからないアラスカの自然に生きてきた。大切なことは、出発することだった。

ぼくは、ふと、〝思い出〟ということを考えていた。人の一生には、思い出をつくらなければならない時があるような気がした。シリアもジニーも、その人生の〝とき〟を知っていた。

私たちを乗せた飛行機は、新緑のフェアバンクスを飛び立ち、まだ春浅いアラスカ北極圏へと向かっていった。

「見ろ、カリブーの群れが旅をしている。北へ向かっているんだ！」

ブッシュパイロットのドンの声がヘッドフォンから聞こえてきた。窓に額をつけると、眼下のブルックス山脈の稜線を四、五百頭のカリブーが帯のようになって動いている。極北の原野を風のようにさまようカリブーの旅は、途方もないこの土地の広がりにたしかな意味を与えている。セスナは稜線上を旋回した後、再びシーンジェックの谷へと向かっていった。

この旅のパイロットで、私たちの共通の友人でもあるドンは、四人のメンバーを運ぶため、極北のインディアンの村アークティックビレッジとシーンジェック川の間を二回往復しなければならない。あふれるような装備と、シリアとジニーを乗せて飛び発った最初の便が空で戻ってきた時、ぼくとマイクはホッとした。とりあえずシーンジェックの谷のどこかに着陸できたからだ。川の水位、残雪の状況、雪解けまもない地面のやわらかさ……など、初夏のアラスカ北極圏の自然はまだ不安定で、いったいセスナが着陸できる場所があるのかさえもわからなかった。

いくつもの稜線を越え、突然目の前に壮大な谷が広がると、原野をゆるやかに蛇行する銀糸のような水の輝きが見えてきた。カリブーの季節移動を追って北極圏へ向かう途中、これまで何度この美しい極北の川を見下ろしてきただろう。いつの日か、いつの日かと思いながら、もう十八年が経ってしまった。

川の流れに沿ってさらに北へ飛び続け、ブルックス山脈の深い谷がどんどん両側に迫ってくると、シリアとジニーに違いない二人の人影が川原に見えてきた。セスナは山肌に沿って大きく回り込みながら降下し、やがて強い衝撃と共に二、三度大きくバウンドすると、あっという間にあたりの風景は止まっていた。

ドアを開け、川原に降りると、私たちの目の前にシーンジェックは滔々と流れている。テントを張っていたシリアとジニーが小走りでやって来た。

「ミチオ。私たちとうとう来たわね！」

「そう、やっと来たね、シーンジェックだよ」

私たちは、まるで子どものようにはしゃぎながら、互いに抱き合っていた。

セスナが飛び発ってゆくと、ブルックス山脈の谷の不気味なほどの沈黙が押し寄せ、聞こえるのはシーンジェックの川音だけだった。それは一度も乱されずに続いてきた太古の静けさのような気がした。私たちは川べりに立ち、その静寂に耳をすませていた。

「ミチオ、私たちをここに連れて来てくれてありがとう……」

突然のシリアの言葉に、これが二人にとっての最後のブルックス山脈の旅になることを感じた。シリアとジニーはあと数年で八十歳に手が届こうとしていることをいつもふと忘れている。が、この数年の二人の会話の中で、これまでと違う気配に気付くこともあった。誰もが、それぞれの老いに、いつか出会ってゆく。それは、しんとした冬の夜、誰かがドアをたたくように訪れるものなのだろうか。

小さな流木を集め、焚(た)き火の用意をしている時だった。遠くから見ていたジニーがたまりかねたように言った。

「ミチオ、何をしているの？」

「火をおこそうと思ってさ……」

「そんなに寒いかい？」

野営をする時、ぼくはもう習慣のように焚き火をした。

「見てごらん、この川原にどれだけ流木が少ないか。私たちが一晩焚き火をするだけで、おそらくここの流木をすっかり使ってしまうよ」

ほとんど木の生えないツンドラで、川の流れが運んでくるわずかな木々は貴重だった。

「アークティックビレッジのインディアンがこの谷を冬に旅するかもしれない。いつか誰かが、この焚き火を本当に必要とするかもしれないからね……」

翌日、稜線から昇る朝陽を浴びながら、私たちはシーンジェックの流れに乗った。ゴムボートの下から伝わる水の感触、飛び散る水しぶき、移り変わってゆく風景……何年も語り合った約束の川を、今、私たちは手にしていた。シーンジェックの流れは優しく、水は水晶のように透きとおっていた。川が大きく曲がるたび、極北の原野もゆっくりと回ってゆく。水の流れに運ばれて旅をしていることで、私たちはこの壮大な自然に属していた。

オールを漕ぎながら、とりとめのない話は尽きなかった。誰かが新しい話を始め、ひとしきり終わると、また誰もが黙って流れゆく風景に見入った。私たちは好きなときに、好きなところで止まった。夕暮れが近づくと、キャンプのための素晴らしい場所を捜した。どれだけ気持ちのいい夕べを過ごせるか、それは思い出に灯をともすように大切なことだった。

ある日の午後、ボートを岸につけ、私たちは原野へと分け入った。ラストレイク（最後の湖）と呼ばれる小さな湖を捜すためだった。

半世紀も前、ミューリーという伝説的な生物学者がアラスカにいた。後にアメリカ自然保護運動のパイオニアとなった人である。ミューリーは若くしてこの世を去るが、未亡人となったマーガレットは“Two in the Far North”（二人の極北）という本を晩年になって書き上げた。それはこの土地の自然に憧れる誰もが読むアラスカの古典となるが、その中にシーンジェックという章があった。ラストレイクは、若き日のミューリー夫妻がこの谷でひと夏を過ごした場所で、マーガレットが名付けた湖だった。彼女はすでに九十歳を超えているが、今でもワイオミング州の山小屋に一人で暮らしていて、シリアの古い友人だったのだ。

「出発前、マーガレットに電話を入れたの。これからシーンジェックに出かけるって……彼女は本当に懐かしそうに言っていた。〝ラストレイクが昔のままにあるかどうか見て来てくれ〟って」

私たちは地図を頼りに山裾(やますそ)へ向かって歩いた。真っ青に晴れ上がったすばらしいハイキング日和(びより)だった。途中で、古いカリブーの角(つの)や、動物の糞の上にしか生えない珍しいオオツボゴケを見つけるたび、私たちはひと休みした。広大な残雪地帯を越え、小さなクロトウヒの林を抜けると、突然目の前に湖が現れた。それが〝最後の湖〟だった。

シリアとジニーは、湖畔に腰をおろし、寄りそいながら湖面を泳ぐ二羽のアビを見つめていた。湖は、長い歳月、誰も人が訪れていない気配があった。ぼくはシリアの言葉をふと思い出していた。

「ラストレイクを見にゆくのは、私たちにとって、何か聖地へ行くようなことだったの」

オオカミがベースキャンプに現れたのは次の朝のことだった。ちょうどシーンジェックの流れを渡ってくるところだった。「オオカミだ!」と、マイクはささやくように叫んだが、シリアとジニーが気付いた時にはすでに草むらの中に姿を消していた。ぼくは祈るような気持ちであたりを見つめていた。二人にどうしてもオオカミを見せてあげたかった。突然オオカミは目の前の丘に姿を現し、しばらく私たちを見下ろした後、反対側の谷間へと消えていった。

シーンジェックでオオカミを見たこと、それは私たちのこの旅を決定的なものにした。アラスカのひとつの時代を、最もキラキラと輝いて駆け抜けた二人の最後の旅に、オオカミがそっと会いに来たような気がした。子どもから大人へと成長し、やがて老いてゆく人間のそれぞれの時代に、自然はさまざまなメッセージを送ってくる。シリアとジニーが見たオオカミは、一体何を語りかけてきたのだろうか。

私たちは再びボートを流れに乗せ、川を下り始めた。約束の川、シーンジェックは、ぼくの記憶の中で流れ続け、いつの日かたまらない懐かしさで思い出す。

「あと百年も、二百年も経った時、シーンジェックの谷はどうなっているだろう?」

ジニーがオールを漕ぎながら、ふと呟いた。私たちはそれぞれの想いの中で、そのたしかな答えを捜していた。

（一九九六年 四十三歳）

水の惑星

苔むした、ツガの原生林に迷い込んでいた。湿気を含み、ふわふわした森のカーペットが気持ちいい。地上から、密生する木々のあらゆる部分に至るまで、緑の苔がはびこっていた。アマゾンの熱帯雨林を上回る降水量が、この南東アラスカの森をつくりあげている。私は、この森のもつ不可思議な力に導かれ歩いていた。その力とは、きっと、この森ができあがるまでの果てしない時間の気配なのだろう。ここは、その昔、氷河に覆われていたのだ。

数日前、私はカヤックで、この近くの海に流れ込む氷河を見にいった。近づくにつれ、ブルーに輝く巨大な氷壁が高層ビルのような高さで空を覆ってくる。しかし、氷河が私を圧倒するのはその大きさではない。ギィーッ、ギィーッと、氷河全体のきしむ音である。それは、昔、山に降り積もった雪が堆積(たいせき)し、氷河となって流れだし、気の遠くなるような時間をかけて海までたどりつき、こらえきれなくなり最後の伸びをするような音に聞こえるのだ。

さらに進んでゆくと、私は崩れた無数の氷塊の中にいた。すると、あたり一帯が不思議な音に包まれているのに気がついた。ピシピシピシ……、これは一体何の音なのだろう。じっと耳を傾けたくなるような心地良い音だった。それは、太古の昔の空気を抜きながら圧縮された氷河の氷が水に還ってゆく音に違いない。何て長い水の旅なのだろう。

私が歩いているこの森も、かつてはあの氷河に覆われていたのだ。いつのことなのだろう。氷河が後退し、地上にこの土地が現われたのは……。

生命のかけらさえもない、氷河が去った後の無機質の大地。しかし自然は、無駄な時間を長く費やしてはいない。いつしか原始的な苔類が生え始め、植物遷移の最初のステージが始まってゆくのだ。やがてチョウノスケソウで覆われた土地は、ハンノキの森に変わってゆく。一見止まっているような森も、決して同じ場所に留まってはいない。長い時の流れの中で、森は、いつしか次の世代の森に適当な土壌をつくりあげてゆく。シトカトウヒが全盛の時代もあっただろう。そして今は、森の一生のクライマックス、ツガの時代である。森はもうこれ以上進まず、あとは長い時間をかけて朽ち果ててゆく。

突然、シューッ、シューッという クジラの呼吸音が聞こえてきた。森を抜け、浜に出ると、二頭のザトウクジラが島の間を通り抜けようとしている。冬の間、南の海で何も食べずに過ごしたザトウクジラは、夏になると採食のため、豊かな極北の海に帰ってくるのだ。

夕暮れになり、ボートで海に出た。風も止み、鏡のように凪いだ海だった。私は、ザトウクジラの白いしぶきを目指してゆっくり進んでいた。

氷河が後退し、森が現われ、氷は海に帰ってゆく。そしてクジラはこの海の恵みによって生きている。そして海は、このクジラの中に生きている。それならば、森も氷河も、そしてクジラも海も、みな同じことではないか。

私はいつしか、目に見えるあらゆるものは、地球という自然が再生しているつかの間の表現物にすぎないのではないかと思うようになった。人間さえその例外ではない。植物が大地から顔を出し、再び土に還ってゆくように……。それならば、無機物と有機物、生物と死物の境界はどこにあるのだろう。

あちこちから白いしぶきと一緒に呼吸音が聞こえている。私はいつしかザトウクジラの群れの中にいた。風も波もなく、聞こえるのはこの呼吸音だけだった。残照が雲の色をどんどん変えてゆく。水平線から月が上ってきた。何か、別の天体にいるような気がしていた。突然、すぐ近くの海面からザトウクジラのしぶきが上がった。

私は水の惑星にいた。

（一九九〇年　三十八歳）

註

クジラの民

1「カリブー」北アメリカ産のトナカイのこと。 **2**「シャーマニズム」原始宗教の一形態で、神霊や祖先の霊などと、シャーマン（巫師・祈禱師）を仲立ちとして心を通わせる。

木の実の頃

1「ムース」北アメリカに棲息するヘラジカ。

ポトラッチ

1「タブー」ふれたり口に出してはならないとされているもの。禁忌。

カリブーを追って

1「ゴールドラッシュの時代」一九〇〇年頃、カナダ国境近くのクロンダイクで金が発見されると、アラスカ全土がゴールドラッシュに沸いた。 **2**「クストー」ジャック＝イヴ・クストー（一九一〇〜九七）。フランスの海洋学者。潜水用の呼吸装置スクーバの発明者。調査船カリプソ号で海や海洋生物の研究をおこなった。 **3**「ポピュレーション」生態学では個体群のこと。 **4**「ウィリアム・プルーイット」アメリカの生物学者（一九二二〜）。アメリカによるアラスカ核実験場化計画（プロジェクト・チャリオット）を環境調査によって阻止し、アメリカを追われカナダに移住。九三年にアラスカ州政府より謝罪を受けた。プルーイットの『極北の動物誌』は星野の長年の愛読書で、星野は著書『ノーザンライツ』で「アラスカの自然を詩のように書き上げた名作」と評した。 **5**「ファーリィ・モーファット」カナダの作家、ナチュラリスト（一九二一〜二〇一四）。 **6**「シールオイル」アザラシの脂肪を溶かした油。強烈な匂いを持つ。『長い旅の途上』収録の「シールオイル」で星野は、エスキモーにとってシールオイルは「どうしてもそこに帰ってゆく味」だと記している。**7**［白夜］夜になっても太陽が沈まないか、薄明が長時間続く現象。**8**［ライフル］アラスカに来て数年は、旅にライフルを携行していたが、そのうち星野は銃を持たずに旅に出るようになった。「最終的には銃で自分を守れるという気持ち」が、自然への「不安、恐れ、謙虚さ、そして自然に対する畏怖」を忘れさせることを嫌った。**9**［『デルスウ・ウザーラ』］ウラジーミル・アルセーニエフ著、一九二二年刊行。星野が繰り返し読んだ愛読書。**10**［ブリザード］大吹雪。**11**［永久凍土］二年間以上にわたり継続して、土壌の温度が〇度以下の土地。

雪、たくさんの言葉

1［ビバーク］野外にテントなどを張り、寝ること。野宿。**2**［ジャック・ロンドン］アメリカの作家（一八七六〜一九一六）。『野性の呼び声』（一九〇三）によって流行作家となる。

家を建て、薪を集める

1［洪積世］地質時代の区分の一つ。約一七〇万年前から一万年前までを言う。四回の氷河期と三回の間氷期が訪れた。

トーテムポールを捜して

1［天然痘］天然痘ウィルスを病原体とする感染症。

一万本の煙の谷

1［ヘディン］スヴェン・ヘディン（一八六五〜一九五二）。スウェーデンの地理学者、中央アジア探検家。**2**［シプトン］エリック・シプトン（一九〇七〜七七）。イギリスの登山家。ヒマラヤ山脈、ヨーロッパ、中央アジアからパタゴニアまで世界各地を歩いた。**3**［アルセーニエフ］ウラジーミル・アルセーニエフ（一八七二〜一九三〇）。ロシアの探検家、地理学者、民族誌学者、作家。

約束の川

1［シリア・ハンターとジニー・ウッド］星野が敬愛してやまない二人の女性。彼女らがアラスカに生きた半世紀の軌跡を星野が聞き書きした著作が『ノーザンライツ』。

星野道夫

ほしの・みちお（一九五二〜九六）
写真家

生まれ

昭和二十七年九月二十七日、千葉県市川市で、エンジニアの父星野逸馬と母八千代の長男として誕生。姉二人、祖母みすの六人家族。

初めての旅

十六歳の夏、横浜港から移民船アルゼンチナ丸でロサンゼルスへ。米軍放出品の大きなザックにテント、寝袋、コンロ、アメリカの地図を詰めて、約四十日、バスやヒッチハイクでアメリカ、メキシコ、カナダを一人で旅する。英語はほとんどしゃべれず、何ひとつ予定をたてない旅は、「その日その日の決断が、まるで台本のない物語を生きるように新しい出来事を展開させた」（「十六歳のとき」）と記している。

食べること

星野は「本当においしそうに、しかもたくさん食べる男」で、「強い生命力を感じさせるような食べ方だった」（湯川豊）という。星野は「生命体の本質とは、他者を殺して食べることにある」とアラスカで身をもって学び、あらゆる生命はつながって循環しているという死生観に接近していく。

オーロラツアー

一九九二年より年に一度、日本の子どもたちをルース氷河へ連れていくキャンプ、オーロラクラブを、慶應大学探検部の先輩新開俊郎と始める。子どもたちが人生の岐路に立った時、「ルース氷河で見た壮大な自然」に「励まされたり、勇気を与えられたり」することを星野は願った。

家族

一九九三年五月、四十歳で萩谷直子と結婚。翌年には長男翔馬が誕生した。

神話の森へ

星野はアラスカの「遠い自然」「人間のいない自然」を旅するうちに、未踏の大自然だと思われた原野は「太古の昔から、足跡を残さぬ人々の物語で満ちている」ことに気づく。エスキモーの村を訪ね、古老の話を聞いてまわるうちに、先住狩猟民の「ワタリガラスの神話」に魅かれ、神話の森へ導かれていく。旅の途上、九六年八月、カムチャツカ半島クリル湖畔で就寝中、テントをヒグマに襲われ急逝。享年四十三。星野は生涯、センス・オブ・ワンダーを失わなかった。

もっと星野道夫を知りたい人のためのブックガイド

『星野道夫の仕事』全四巻、朝日新聞社、一九九八〜九九年

星野道夫の写真の仕事をまとめた大判の写真集。第一巻カリブーの旅、第二巻北極圏の生命、第三巻生きものたちの宇宙、第四巻ワタリガラスの神話。写真家になるためにアラスカを題材に選んだのではなく、アラスカを生きるために写真を選択した星野は、「どうして人間はここにいるのか」という問い、自分が生きていることの不思議さを抱えながら、アラスカを撮りつづけた。解説・池澤夏樹。

『魔法のことば　自然と旅を語る』文春文庫、二〇一〇年（原本『魔法のことば　星野道夫講演集』は二〇〇三年刊、スイッチ・パブリッシング）

「本当の野生」「誰もいない森から」「百年後の風景」など十編の講演を収録。一九八七年三月に大田区立田園調布中学校での講演「卒業する君に」では、「僕らの人生というのはやはり限られた時間しかない。本当に好きなことを思いきりするというのは、すごく素晴らしいことだと思います」とメッセージを送った。

『クマよ』福音館書店、一九九八年

「月刊たくさんのふしぎ」の一冊として刊行された写真絵本。原稿執筆後、写真選定前に星野は急逝。本人の原稿とメモをもとに編集者、デザイナー、星野直子によって構成された。「いつか　おまえに　会いたかった」の一文で始まる、星野がクマに送った最後のラブレター。

『終わりのない旅　星野道夫インタヴュー　原野に生命の川が流れる』星野道夫・湯川豊、スイッチ・パブリッシング、二〇〇六年

星野の担当編集者であり友人である湯川豊が一九九四年二月におこなった。「誠実で、情熱的で、どこかはにかみとやさしさをふくんだ」星野の語りにふれることができる。

本書は以下の本を底本としました。
「クジラの民」「ポトラッチ」「木の実の頃」「ケニス・ヌコンの思い出」「シシュマレフ村」…『アラスカ 風のような物語』小学館文庫、一九九九年
「家を建て、薪を集める」「雪、たくさんの言葉」…『イニュニック〔生命〕』新潮文庫、一九九八年
「カリブーを追って」「新しい旅」…『アラスカ 光と風』福音館日曜日文庫、一九九五年
「白夜」「トーテムポールを捜して」「一万本の煙の谷」…『旅をする木』文春文庫、一九九九年
「ワタリガラスの家系の男」…『森と氷河と鯨』世界文化社、一九九六年
「約束の川」「カリブーフェンス」…『長い旅の途上』文春文庫、二〇〇二年
「水の惑星」…「太陽」一九九〇年十一月号、平凡社

表記は新字新かなづかいとし、読みにくいと思われる漢字にふりがなをつけています。また、今日では不適切と思われる表現については、作品発表時の時代背景と作品価値などを考慮して原文どおりとしました。

なお、文末に記した執筆年齢は満年齢です。

STANDARD BOOKS

星野道夫　約束の川

発行日――2021年2月10日　初版第1刷
2024年10月10日　初版第3刷

著者――星野道夫

発行者――下中順平

発行所――株式会社平凡社
東京都千代田区神田神保町3-29　〒101-0051
電話（03）3230-6580［編集］
（03）3230-6573［営業］
振替　00180-0-29639

印刷・製本――シナノ書籍印刷株式会社

編集――大西香織

装幀――重実生哉

ISBN978-4-582-53177-0
NDC分類番号914.6　B6変型判（17.6cm）　総ページ224
平凡社ホームページ　https://www.heibonsha.co.jp/
落丁・乱丁本のお取り替えは小社読者サービス係まで直接お送りください
（送料は小社で負担いたします）。

STANDARD BOOKS　刊行に際して

STANDARD BOOKSは、百科事典の平凡社が提案する新しい随筆シリーズです。科学と文学、双方を横断する知性を持つ科学者・作家の珠玉の作品を集め、一作家を一冊で紹介します。

今の世の中に足りないもの、それは現代に渦巻く膨大な情報のただなかにあっても、確固とした基準となる上質な知ではないでしょうか。自分の頭で考えるための指標、すなわち「知のスタンダード」となる文章を提案する。そんな意味を込めて、このシリーズを「STANDARD BOOKS」と名づけました。

寺田寅彦に始まるSTANDARD BOOKSの特長は、「科学的視点」があることです。自然科学者が書いた随筆を読むと、頭が涼しくなります。科学と文学、科学と芸術を行き来しておもしろがる感性が、そこにあります。

現代は知識や技術のタコツボ化が進み、ひとびとは同じ嗜好の人としか話をしなくなっています。いわば、「言葉の通じる人」としか話せなくなっているのです。しかし、そのような硬直化した世界からは、新しいしなやかな知は生まれえません。

境界を越えてどこでも行き来するには、自由でやわらかい、風とおしのよい心と「教養」が必要です。その基盤となるもの、それが「知のスタンダード」です。手探りで進むよりも、地図を手にしたり、導き手がいたりすることで、私たちは確信をもって一歩を踏み出すことができます。規範や基準がない「なんでもあり」の世界は、一見自由なようでいて、じつはとても不自由なのです。

このSTANDARD BOOKSが、現代の想像力に風穴をあけ、自分の頭で考える力を取り戻す一助となればと願っています。

末永くご愛顧いただければ幸いです。

2015年12月

ロゴマークデザイン：重実生哉